EDITIONS MAUREL©

Eckhardt Momber

Zimmer mit Seeblick

Erzählung aus den 80er Jahren

Mit einem Bild von Gregory Forstner

Impressum:

© 2016 by Eckhardt Momber

Bilder © Gregory Forstner

978-2-9553085-1-6 (Paperback)
978-2-9553085-2-3 (Hardcover)
978-2-9553085-4-7 (eBook)

verlegt bei tredition GmbH Hamburg

Printed in Germany

Bibliografische Informationen der Deutschen Nationalbibliothek: Die Deutsche Nationalbibliothek verzeichnet diese Publikation in der Deutschen Nationalbibliografie; detaillierte bibliografische Daten sind im Internet über http://dnb.b.-nb-de abrufbar.

INHALT

One pilot flew so low and close I could see his face

… he could see mine... and surely our clothes.

We were prisoners, in stripes. I looked right in to

the face of our supposed liberator...

Surely everything was going to be fine now.

(Benjamin Jacobs, *The 100-Year Secret*, Guilford, Connecticut 2004)

Peut-être que j'allais redevenir un humain?

Et si j'étais de nouveau libre?

(André Migdal, *Les plages de sable rouge*, Paris 2001)

Ich selbst brannte bereits am Rücken und am Kopf,

spürte aber das Feuer vor Aufregung nicht mehr

heiß, sondern kalt. Da sah ich in höchster Gefahr

und im letzten Augenblick über mir ein Eisenrohr...

Mit ausgestrecktem Arm konnte ich es gerade noch

erreichen... So kam ich auf den Köpfen der vielen

zusammengedrängten Menschen zu stehen...

Wir liefen nun auf den Köpfen der Kameraden, wie

auf einem Pflaster, um unser Leben...

(Rudi Goguel, *Cap Arcona*, Frankfurt am Main 1982

Ich danke Andrea für die Ausdauer ihrer liebenswürdigen Kritik,

Heide für ihr gründliches Gegenlesen, Herrn Quack für seine unbeirrbaren Ermutigungen

und Barbarina für die Endredaktion.

Was ich jetzt erzähle, ist auf Grundlage eines Ereignisses erdacht, das sich lange vor dem 3. Mai 1945 angebahnt hatte. Frühmorgens schon wurden hunderte, aus dem Konzentrationslager Stutthof bei Danzig geflohene, endlich in zwei Lastkähnen in der Lübecker Bucht antreibende Menschen von Männern des deutschen Volkssturms ermordet. Und am frühen Nachmittag ein und desselben Tages begann in eben dieser Bucht, was als die größte maritime Tragödie der Neuzeit endete.

Angebahnt von der SS, ausgeführt von der Royal Air Force.

Eine Meldung des Schwedischen Roten Kreuzes wurde nicht weitergeleitet.

Das Vergangene ist weder tot noch vergangen, wie William Faulkner uns gesagt hat.

1

1985 in einem Strandcafé

Alle sind sie auf freiem Fuß geblieben, die Männer der SS und die Piloten der RAF. Nur derjenige nicht, der als Kapitän im Zentrum dieser Schiffskatastrophe stand. Der musste hinter Gitter. Kurz und nur für das, was er in seiner Funktion auf dem Lazarettschiff, einem ehemaligen Luxusliner, zu verantworten hatte. Und nicht für das, wessen wir alle schuldig werden könnten.

Hans nenne ich einen anderen Mann, der mit all dem nichts zu tun hatte.

Insofern nur, als er 1941 in Berlin zur Welt kam. Und sich sieben Jahre später in der Lübecker Bucht freischwamm. Eine Zufälligkeit, die sich wie ein Senkblei in sein Leben legen sollte. Oder wie ein Samenkorn! Obwohl der kleine Hans noch nicht mal wusste, was die Fischer ab 1945 und anfangs der 50er Jahre des vorigen Jahrhunderts immer noch klammheimlich in ihren Zinkeimern hinter den Strand trugen; und dort entsorgten, wie wir heute sagen würden. Klumpatsche, nannten die Erwachsenen die Inhalte der Eimer noch in den 60er und 70er Jahren. Überreste von mindestens siebentausend Gefangenen des Deutschen Reichs, also das, was nicht gleich vernichtet und noch nicht ganz verwest war. Nichts für Knirpse, schon gar nichts für Kurgäste.

Warum, fragte sich Hans Mitte der 80er Jahre an einem Tag im August, bin ich nicht gleich ins Fremdenverkehrsbüro von T-Dorf? Warum habe mich nicht nach dem Weg zum Denkmal für die Toten der Cap Arcona erkundigt. Ich hätte auch alleine hingefunden, das Ziel meiner Reise um die halbe Welt. Weil er, kaum hatte er im Hotel Seeschloss eingecheckt, sofort wieder raus und rein ins nächste Strandcafé musste. Wo sich diese Frau zu ihm setzte. Wieder so ein Zufall.

Sie habe nicht anders gekonnt, wird sie ihm nur wenige Stunden später im Hotel Seeschloss gestehen. Ein Schnappschuss auf dem Tisch im Café war schuld daran. Da konnte sie nicht weiter. Und war gleich zu Hause. Setzte sich dann aber doch zu diesem wildfremden Mann. Wegen so eines kleinen, viermal sechs Zentimeter großen, an den Rändern gerippten Schwarzweißfotos. Das zum Bestand des Bildarchivs des Fremdenverkehrsvereins gehört. Aber auch vergrößert in ihrem Schlafzimmer hängt.

Wie kam der Mann mit Nickelbrille unter der Stirnglatze zu meinem Foto?

Ich setze mich nicht an die Tische unserer Sommergäste, ich führe sie nur.

2

Ein Kind im Krieg

Fünf Tage vor dem letzten Frieden, wurde die von der SS requirierte Cap Arcona mit ihren Begleit-schiffen von der Royal Air Force bombardiert.

Wo war Hans am 3. Mai 1945?

Woher soll ich das wissen?

Ich weiß nur, dass seine Mutter ihn vier Jahre zuvor, am 29. April 1941, per Zangengeburt in Berlin auf die Welt gebracht hat. Wer hatte da nicht gewollt, sie oder er? Oder beide! Die den Bombenangriff im August 1943 vor sich haben. Hänschens Geburtsort im Südwesten Berlins, ein idyllisches Vor-städtchen wurde vollkommen zerstört. Das Hänschen aber lebte weiter weg vom Schuss, in einer netten kleinen Villa in Zehlendorf, dem Dorf der Noblen am Rand der Hauptstadt des Deutschen Reichs. Was der Vater mit seinen Beziehungen im Oberkommando des Heeres gut hingekriegt hat. Der vielleicht nicht oder eben doch wusste, dass man die Vorbesitzer dieser Villa nach Auschwitz verschleppt und ermordet hatte. Wie auf den Stolpersteinen vor einem Haus im Hartmannsweiler Weg zu lesen ist.

Noch hübscher, sicherer jedenfalls, war es in Lübben, einem Städtchen im Spreewald. Ein anderes, niedlich geripptes Schwarzweiß-Foto auf dem Tisch im Strandcafé zeigt Hänschen an seinem vierten Geburtstag, als Nackedei von hinten. Einen Tag später, dem Todestag des Führers, feierte der Vater seinen dreißigsten Geburtstag. Und drei Tage später griff die Royal Air Force die Cap Arcona an.

Hänschen hatte Glück gehabt und auch nicht viel mitgekriegt von diesem Krieg. Nur dass er im Sommer 1944 in einer Flussbadeanstalt in der dunkel und träge dahinfließenden Spree geplantscht und ganz doll geweint haben muss. Wegen der grausig schillernden Stümpfe der amputierten Arme und Beine der guten Kameraden des Vaters in ihren Badehosen. Einer, das weiß Hans noch ganz genau, ein Einarmiger erbarmte sich des kleinen, heulenden Elends. Und führte es aus der Horde grölender, halbnackter Männer auf eine dieser halbrunden Holzbrücken im Spreewald. Wo der Ein-armige ein Liedchen anstimmte und dem Hänschen in die Rippen stieß: Sing, Jungchen! Sing mit!

Ich steh auf der Brücke und spuck in den Kahn

Da freut sich die Spucke, dass sie Kahn fahren kahn

Holla di Hiho Holla di Ho

Hänschen spuckte noch, als schon längst kein Kahn mehr gefahren kam. Weshalb es eben doch vernünftig war, kein Sänger geworden zu sein. Und Soldat schon gar nicht! Obwohl Hans später so eine merkwürdige historische Vorliebe für den Krieg im 20. Jahrhundert entwickeln sollte. Als gäbe es für Historiker nicht auch noch ganz andere Themen, die Liebe zum Beispiel.

Das zweite Liedchen seines Lebens lernte Hänschen in einem Wald im Hannoverschen singen. Wo es mit seiner Mutti und dem Schwesterchen Zuflucht vor den Soldaten aus Russland gefunden hatte. Wiederum in einer schönen Villa und ganz aus Holz. Was alle drei abermals dem Organisationstalent des Vaters zu verdanken hatten. Die Soldaten aus England aber nicht gehindert hatte, das ganze Dorf kampflos zu besetzen und die schöne Holzvilla mit den Blumen vor den Fenstern sich unter den Nagel zu reißen, wie die Erwachsenen sagten. Hänschen war den Tommis entgegen gegangen:

Endlich keine Spielzeugpanzer mehr!

Hänschen sprang über den Bach vor dem Haus und legte sich im Chausseegraben auf die Lauer. Bis die Panzer so furchtbar laut auf ihn zu rasselten, dass er sich hinter beiden Händen versteckte. Und nun gar nichts mehr sah, noch hörte. Bis der Soldat vor dem ersten Panzer, kein Bleisoldat, das Häufchen Angst im Chausseegraben entdeckte. Und es mit einem Stoß seiner Maschinenpistole nach Haus jagte. Wo die Mutter ihm den Hosenboden versohlte.

Womit der Krieg aber immer noch nicht aus war. Denn die Tommis haben es sich dann in der Waldvilla so richtig gemütlich gemacht, sind ans Eingemachte gegangen und so weiter und haben dann auch alle anderen Dorfbewohner in den Wald gejagt. Wo es lustig herging, in den Laubhütten um das Lagerfeuer. Daher das dritte Liedchen.

Lustig ist das Zigeunerleben

Faria Faria Faria Hoo

Wie andere Menschen den Krieg überlebten, erfuhr Hans viel später. Nichts erfuhr er von denen, die nicht überlebten. Was ihn bewogen haben könnte, die Geschichte der Kriege im 20. Jahrhundert zu studieren.

3

Das Foto der in Brand geschossenen Cap Arcona in seinem aufgeschlagenen Aktenordner auf dem runden, marmorierten Tischchen des Strandcafés, daneben ein kleines und ein großes Glas, genoss Hans den Blick auf die weite, blaue, nur ganz leicht gekräuselte See. Es war, als wäre da eben ein Krähenschwarm darüber hin gefegt. Weiter draußen, nur gute fünf Kilometer weit, da war es also geschehen. Vor vierzig Jahren! Geschah, was ein unbekannter Spaziergänger vom Strand aus mit angesehen und uns in Form eines Schnappschusses hinterlassen hat: Das Schiff am Horizont mit drei Schornsteinen und der Rauchfahne darüber.

Ob jener Mann, vielleicht war es eine Frau, an diesem frühen Nachmittag des dritten Mai unter den Küstenbewohnern und Augenzeugen gestanden hat, die das Schreien der Menschen über eine Entfernung von fünftausend Metern gehört haben wollten? Bei auflandigem Wind!

Die Kellnerin in ihrem knallroten, tief ausgeschnittenen Dirndl hatte einen guten Tag an diesem Tag im August. Sie war so beschäftigt mit ihrer Kundschaft, dass sie dem Kurgast die neue Lage Bier mit Bommerlunder so heftig auf dem Tisch absetzte, dass die Gläser überschwappten. Der Schaum des Flensburgers den dünnen Stil des großen Glases hinunter rann und durch die weiße Rosette hindurch im saugfreudigen Filz des Bierdeckels, ein Glück nicht in den Akten des Leitzordners, versickerte. Hans, irgendwo zwischen dem Rauch auf dem Foto und dem Schaum vor seiner Nase, sah erst wieder auf, als es schon zu spät war. Und die Frau an seinem Tisch saß.

Du bist mir vom Himmel gefallen, wird Hans ihr später in dem von ihm telegraphisch vorbestellten Zimmer im Hotel Seeschloss gestehen. In dem sie versuchte, ihm ihre ungewöhnliche, geradezu unanständige Reaktion im Strandcafé zu erklären.

Vergebliche Liebesmühe.

Es war doch sonst kein Tisch mehr frei. Ich auf dem Weg nach Hause am frühen Sonntagnachmittag, nach langer Samstagnacht. Und dann das vermaledeite Foto. Natürlich haben Fotos keine Schuld. Und doch war dieses eine schuld daran. Dass ich nicht anders konnte.

Und jetzt? Was hören wir jetzt?

Jetzt hat er ihr den Mund verschlossen.

Kaum haben sie ihre Augen wieder offen, schon erinnern sie sich. Unser Sehkrieg im Strandcafé! Ist uns ja nicht unbekannt. Kennen wir ja, wie so was anfängt. Wenn vier Augen sich gekreuzt haben. Erst aus Versehen, dann unwillentlich, dann aber mit Absicht. Und jetzt nichts wie weggeguckt. Und das, dieses Betörtsein, das muss möglichst lange dauern. Hin und wieder weg, bis beide ganz hin sind.

Es hatte sie erwischt.

Natürlich hätte sie jetzt immer noch aufstehen können. Noch war ja nichts geschehen. Nur dass Hans auf seinem Stuhl klebte. Und sie ihre Beine übereinander schlug und den Wackeltisch beinahe umgestoßen und das Flensburger samt Bommerlunder auf seinen Leitz, wenn nicht auf seinen Schoß, gekippt hätte. So was passiert schon mal. Aber, noch war alles gut gegangen. Nur das Schweigen, das war nicht so gut. Nach so viel Augenweide! Bis sie Hans vor den Kopf stieß, indem sie das Schweigen brach und ihn mit folgender Frage entwaffnete.

„Kommst du mit?"

Wie aus der Pistole geschossen und dann auch noch geduzt. Hans hatte sich nicht etwa verhört und sie sich nicht versprochen. Sie, das vor sich selber erschrockene Huhn! Das nicht glauben will, was sie sich da eben geleistet hat.

War ich das eben?

Warst du!

Habe ich ihn so gefragt?

Hast du!

Doch nicht mit so einer, sagt er sich. Doch nicht mit einer vom Strandstrich. Das geht nicht. Und gegen Geld schon gar nicht. Da steht er nie. Kippt sich dann aber doch den Bommerlunder hinter die Binde, springt auf und ihr nach.

Warum denn nicht, verdammt noch mal.

Ich habe dir Zeit gelassen und vor dem Rathaus auf dich gewartet. Hinter der Verkehrsinsel mit der Standuhr in der Mitte. Es war schon halb drei. Da musstest du vorbei, wenn du hoch willst, zum Mahnmal der Cap Arcona. Warum sonst bist du hier? Ich sah dich zögern. Warum hast du gezögert?

Ich musste doch noch zahlen. Dein Kännchen gleich mit, natürlich. Das du nicht angerührt hast.

Stimmt, habe ich nicht. Hätte mir auch was bestellen sollen. Endlich was essen! Das rächte sich. Hatte nichts mehr im Magen. Als schon geschehen war, was geschah. War ja nicht vorherzusehen, war es wirklich nicht.

Warum so eilig?

Manchmal überkommt es sie eben. So ist sie. Sie rastet aus. Was der sich wohl denkt? Wird schon sehen. Was er davon hat. Warum kommt er denn immer noch nicht? Weil das junge Ding da drüben in seinem knallroten Dirndl kein Wechselgeld parat hat. Und sich von ihm in den Ausschnitt gucken lässt.

Und ich?

Bis oben hin geschlossen. Warum eigentlich, bei dieser Hitze. Und wieder mal keinen Pfennig dabei. Gehe oft ganz ohne aus. Auf gut Glück! Der ewige Teenager ich, das unfertige Wesen. Dummes Dirndl da drüben. Wie artig sie vor ihm knickst! Nur wegen dem Trinkgeld. Hat ihr bestimmt zu viel herausgegeben, was?

Mein Trinkgeld war sicher zu hoch ausgefallen. War aber doch noch ganz benommen von ihrer Frage. Obendrein diese beiden ebenso weiß wogenden, wie eng gefassten Brüste des Dirndls. So was gibt's nicht alle Tage, für einen Mann in meinem Alter. Verwirrt war ich, ja. Mehr noch, wie verrückt war ich geworden, nach der da drüben hinter der Standuhr auf der Verkehrsinsel. Nach der Frau vom Strand. Die immer noch auf mich wartet. Der ich nachsteige wie so ein Pennäler.

Warum kommt er nicht?

Ich kann ihm doch jetzt nicht auch noch zuwinken. Bin ja noch bei Trost! Lecke mir aber schon die Lippen. Warum lecke ich mir die Lippen? Bin doch nicht am Verdursten. Heiß heute, viel zu heiß heute! Trotzdem: Da stimmt mal wieder was nicht mehr mit mir. Was hast du dir da eingebrockt? Nun löffele es gefälligst aus, verdammt noch mal. Interessiert er dich? Ist doch egal jetzt. Wo er schon vor mir steht. Und nicht weiß, wohin mit seinen Augen.

„Verzeihen Sie mir bitte, mein Herr. Aber, wollten Sie nicht auch auf den Friedhof? Ich meine, hoch zum Mahnmal der Cap Arcona? Folgen Sie mir, ich führe Sie!"

Da wirst du rot, bis über beide Ohren. Und folgst ihr auf dem Fuß. Artig, ach so artig. Als ginge es nun in eine Milchbar. Sie vorweg, du ihr hinter her. Vor deinen Augen das rosig Helle in den Kehlen ihrer Knie. Und ihre Waden erst, das feine Spiel der Muskeln unter seidig dünner, sonniger Haut. Zwei rote Riemchen um zwei schmale Fesseln, über hohen Stöckeln. So stakst sie vor dir her. Lass ab von ihr. Du Dackel, du! Mit deinen Knopfaugen auf dem schwingenden Hintern deiner hohen Herrin.

„Sie haben es nicht gerade sehr eilig, mein Herr! Ich beiße nicht!"

Lacht sie auf, geht nun aber langsamer vor ihm her. Sodass der Herr aufholen und neben ihr zu gehen kommt. Noch gehen sie nicht im Gleichschritt. Noch holpern sie nebeneinander her. Das wird sich heute noch ändern. Was nicht ist, das kann noch werden.

Noch hat der Herr ganz andere Sorgen. Wie soll der das verdammte Schweigen brechen? Mit ihren hüpfenden Brüsten im Winkel seines rechten Auges. Denn der Herr geht links! Wie es sich gehört! Nicht wie er schielt, nach rechts schielt, auf zwei zuckende Spitzen unter dünner Seide. Die allerhand zu wünschen übrig lässt. Worte, Worte, keine Taten? Doch, doch und heute und nicht erst morgen! Nicht Montag erst! Warum nicht heute schon? Heute am Sonntag, da wird es werden. Schön, sehr schön werden. Noch geht dieser Herr mit seiner Dame nur die Bahnhofstraße zum Friedhof hoch. Hat aber immer noch nichts über die Lippen gebracht. Muss endlich gleich was, muss jetzt unbedingt was zum Besten geben. Was Amüsantes, Herr Gott noch mal! Wenn er sich nicht noch alles verscherzen will. Was sich so schön angebahnt hat.

Ein Sommersonntagstraum.

„Kennen Sie den Kur-Teich da?"

„Was für eine Frage, mein Herr! Ich kenne schließlich alles hier. Das bringt mein Beruf so mit sich!"

Ihr Beruf, was für ein Beruf? Egal jetzt! Nur ihn, den Mann mit der Nickelbrille unter der Stirnglatze und dem Aktenordner unterm Arm, den kennt sie eben noch nicht. Den wird sie aber noch kennenlernen. So einer kommt nicht alle Tage in ihr Dorf an der See. Ein Kurgast mit 'nem Leitz unterm Arm! Da ist sie an den Richtigen geraten.

„Sehen Sie die Fischer?", fragt Hans und deutet auf den Teich im Park gleich rechts an der Bahnhofstraße. Mit seinem spiegelglatten Teich. „Sehen Sie, sehen sie nur, wie die Fischer in ihren schwarzen, hüfthohen Gummistiefeln im Schlamm des Kurteiches herumwaten und sich einen Fisch nach dem anderen greifen, sie hinter ihren rosig flatternden Kiemen packen."

„Wo sehen Sie denn hin?"

„Auf den Kur-Teich doch! Sehen sie den denn nicht? Leer gefischt haben sie ihn, Jahr für Jahr. Und einen Teichbewohner nach dem anderen aus seinem Element gerissen. Und durch die Luft geschleudert. Sie alle in eigens für sie bereitgestellten Körben, aus Weiden geflochtenen Weidenkörben. Noch im Flug nach Art und Größe aussortiert. Und dann, dann nur noch ihr Zappeln und Zucken der Flossen und Schwänze. Und ihre rosigen Kiemen, wie sie nach Luft schnappten."

Hänschen hatte heftig mitgelitten. Was es nicht davon abhalten gehalten hat, Fischen mit Fischmessern und Fischgabeln zu Leibe zu rücken. Freitagmittags! Wäre das nicht auch was für unsere Strandbekanntschaft? Für den Hunger danach auf der Terrasse vom Seeschloss?

Noch gehen sie die Bahnhofstraße hoch. Hat Hans seinen Leitz im Schwitzkasten. Hat zu viel getrunken vorhin, torkelt ganz leicht, kommt aus dem Schritt und fällt zurück. Sie aber, sie kommt auch nicht so richtig voran, auf ihren bleistiftdünnen, hohen Hacken. Und damit auf diesem Bürgersteig, der noch ein Sandsteig ist. Warum nicht in Sandalen, wie alle anderen hier am Strand.

Selber schuld, sagt sie sich.

Gestern Abend einfach keine Lust mehr auf ihre täglichen Strandlatschen gehabt. Am Samstagabend, da muss was Andres, muss was Hohes, was Knallrotes her. Da will sie nicht nur gehen, da will sie schreiten, gleiten unter den Blicken der Männer. Hoher Wasserfall, sagen die hier an der Küste. Wenn sie ein Auge auf eine Frau mit langen Beinen geworfen haben.

So gesehen hatte alles nicht erst heute, sondern schon gestern angefangen. Eigentlich auch nicht erst am Samstag, schon am Freitag. Schon im Alltag unter der Woche. In der Alltagsgeschichte, würde Hans, der Historiker, sagen. Unter bestimmten Bedingungen, Umständen und Zufällen – alles nicht vorherzusehen, sagte ich ja schon.

Weiter oben in der Bahnhofstraße, in Höhe der alten Schule, blieb Hans hinter ihr stehen und gähnte in den leeren Hof seiner alten Schule. Sommerferienstille, bis die Kinder sie im Spätsommer vertreiben werden. Im Pausenlärm, in dem Hänschen einst in der Zweierkolonne einer ersten Klasse angetreten war. Dann die Kasernenhofstille, bevor einer losbrüllt. Und der Direktor aus dem Eingang der Volksschule auftaucht und vor seine Schüler tritt. Stimme wie Donnerhall. Hänschen einschüchtert, wie er da vor sich hin stehen muss, die Hände an der Hosennaht, den Schulranzen, seinen braunen Tornister, statt einer ordentlichen Schulmappe auf dem Buckel. Seinen Affen! Wie er den abgewetzten Kasten mit dem braunen Fuchsfell hinten auf der Klappe getauft hatte. Diesen Affen, den der Großvater aus dem ersten Krieg mit nach Hause gebracht hatte. Aus dem er schrecklich gruselige Geschichten mitgebracht hatte und sie dem Enkel in seinem Sonntagmorgenbett erzählte.

Das Essgeschirr, das an seinem Affen baumelte und bei jedem Schritt in die Schule vor sich hin scheppterte, war aus dem zweiten Krieg. Dem Krieg des Vaters, der verschwieg, was Großvater nicht für sich behalten konnte. Wer weiß, warum. Schön unheimlich war es auf jeden Fall, wenn der Opa sonntags loslegte. In Hänschens Familie ging es soldatisch zu, auch nach dem Kriege noch. Was Hans nie ganz losgeworden ist.

Um noch mal auf das Essgeschirr der deutschen Wehrmacht zurückzukommen, es war nämlich aus Weißmetall. Und diente zum Abfüllen der Schulspeise. Des Erbseneintopfs, dem Lieblingsgericht vom Führer des Vaters. In dem ein weißer, fetter Speck drin rumgeschwommen ist, mit langen, schwarzen Borsten auf der braunen Schwarte. Die Hans zum Kotzen brachte. Wofür die Milchreissuppe mit Rosinen ihn dann süß belohnte. Nicht zu vergessen die Schokoladensuppe! Die er an zwei ältere Schulkameraden verscherbelte, seine beiden älteren Kameraden. Die es faustdick hinter den Ohren hatten. Seine Schokoladensuppe gegen ihre Pinke Pinke. Die er doch immer schon hatte, sein Taschengeld, das nicht ins Sparschwein gewandert war! Tu uns den Gefallen, bettelten sie. Und handelten ihre Lieblingssuppe runter. Kein gutes Geschäft für das Hänschen. Aber, was tut man nicht für seine alten Kumpel.

Für Nils und Holger, diese beiden!

Denen es immer um die Kohle, die Knete, die Piepen ging. Wofür sie alles taten und aufsammelten, was noch so herumgelegen war vom letzten Krieg. Und beim Händler Geld für Lumpen, Altpapier und Buntmetall einbrachte. Der ihnen auch die Kupferrohre und Messinghähne abkaufte, die diese beiden auf dem unheimlichen Wrack da draußen in der Bucht abmontiert hatten. Solange das Eis hielt! Schleiften sie ihre Beute in alten Kartoffelsäcken über die aufgebrochenen Schollen. Bis sie tauten, im März. Und auf dieses rissige Eis sollte er mit. Wollten sie ihn dabei haben, unbedingt. Das aber war ihm streng verboten.

Eisverbot.

Mit deinen beiden Ganoven gehst du mir nicht auf dieses Eis, befahl der Vater. Und im März schon gar nicht. Sonst setzt es was. Das weißt du ja. Dann hast du die Wahl: Leder oder Fischgerte!

„Ja, die hatte ich", sagte Hans laut in den leeren Pausenhof.

„Was hatten Sie?", fragte die Strandfrau.

„Sehen Sie, dahinten?", fragte Hans, anstatt zu antworten und starrte weiter in die gähnende Stille des Schulhofs. Und sah wieder wohin, wo es nichts weiter zu sehen gab.

„Diese Frau dahinten!"

„Ich sehe keine Frau, beim besten Willen nicht. Aber, sehen Sie ruhig weiter so, mein Herr."

Hans konnte nicht anders.

Und fürchtete doch, nicht richtig sehen zu können. War er doch schon das Hänschen als Hans guck in die Luft verschrien. Das tragträumende Kind. Und, kam sie etwa nicht von dahinten wo? Diese Frau über den Schulhof her. Mit flüchtig hoch gesteckten Haaren. Und wie eilig sie es hat! Sodass sie selbst an ihrem Hänschen in seiner Zweierkolonne nur so vorbeirauschte. Da drängte, duldet was keinen Aufschub mehr. Drückte was aufs Herz. Was kümmert sie der Schülerappell eines Volksschuldirektors? Sie baut sich richtig auf, stellt sich hin zwischen ihm und seine Kinderkolonnen. Und diese Kinder, die sehen und hören nun mit an, wie diese Mutter, ihrem gefürchteten Herrn Direktor die Leviten liest, ihn regelrecht herunterputzt im Eingang seiner deutschen Schule. Eine deutsche, Hänschens Mutter, wer denn sonst? Und das Ganze vor versammelter Mannschaft, monierte der Vater und Offizier außer Dienst.

„Das eine sage ich Ihnen", wiederholte sich die Mutter beim Abendbrot, „wie, Herr Direktor Hauff, sind Sie dazu gekommen, die Zeichnung meines Sohnes eine stinkende Käseglocke zu nennen?"

„Mein erstes selbst gemaltes Bild", murmelte Hans so, dass die Frau neben ihm ihn nicht verstand.

Ja, dieses Bild, auf das Hänschen so stolz gewesen war. Hatte er es doch, aus einer noch nie erlebten Lust und in einem einzigen Schwung, so aus dem Ellenbogen heraus, auf den Zeichenblock geworfen. Auf eines seiner Zeit noch so groben, holzig weißen Din A4-Blätter. Im Stil von: ‚Punkt, Punkt, Komma Strich – fertig ist das Mondgesicht!' Wie die Kinder sich zuriefen, wenn sie mit ihren Stöcken den Sand in der Strandstraße aufritzten. Der sie auch noch ganz was anderes, nicht immer Stubenreines, wie es seinerzeit noch hieß, anvertrauten. Was sie nicht für sich behalten konnten. Und worüber die Erwachsenen dann die Nase rümpften.

Malt mir ein prächtiges Schiff unter dem blauen Himmel unserer schönen Lübecker Bucht. So hatte der Herr Hauff es tags zuvor den Kindern aufgegeben. Denkt kurz drüber nach und dann los! Was Hänschen ganz wörtlich genommen hatte. Er wusste es auf Anhieb. Und, kaum fühlte er den Buntstift – oder war es noch einer dieser Griffel für die Schiefertafel? – in seiner Hand, schon lag da was, wie hingegossen. So aus dem Ellenbogen heraus. Das dunkle Schiff da draußen am Horizont der Bucht. Ein großer, halber Kreis, darunter ein grader Strich. Darüber drei kurze Striche und fertig war das Schiffsgesicht. Fehlte nur noch der Rauch aus den Schornsteinen. Ein, zwei Kringel vielleicht? Da aber trat der Herr Zeichenlehrer dicht hinter ihm hin.

„Träumen Sie?", fragte die Frau vom Strand

„Nein, ich habe nur noch den Rohrstock meines Zeichenlehrers im Rücken."

4

Auf dem Waldfriedhof

Die Tür zum Friedhof kreischte auf im Rost ihrer Angeln. Hans drehte sich um, als wäre da noch wer hinter ihm. Leer lag der Bahnhof in der Augusthitze. Und alles war noch so, wie er es vorhin hier vorgefunden hatte. Auch das Taxi, das ihn ins Hotel gebracht hatte, wartete wie abermals nur für ihn bestellt. Im Hotel hatte es ihn nicht lange gehalten. Was ist schon so ein Hotelzimmer, und sei es mit Seeblick, gegen ein Café direkt am Wasser? Was wäre gewesen, fragte er sich, immer noch die Friedhofstür in der Hand, wenn ich vorhin, statt mir ein Taxi zu nehmen, zu Fuß ins Seeschloss gegangen wäre? Wäre dann alles anders gekommen? Sicher hätte er die Frau vom Strand verpasst.

Seite an Seite gehen sie auf ein großes Holzkreuz zu. Schwarz ragt es über die Friedhofsmauer hinaus in den blauen Himmel. So hoch, dass Hans stehen bleiben musste, um sodann, anstatt auf seine Füße zu achten, seiner Führerin beinahe die hohen Stöckel von den Hacken zu treten. Sie ließ ihm den Vortritt, sodass er allein vor dem Mahnmal stand und den schon reichlich verwitterten Text des Gedenksteins entzifferte.

> HIER RUHEN
>
> *810 POLITISCHE*
>
> *GEFANGENE*
>
> *VON 16 NATIONEN*
>
> *DIE AUF DER*
>
> *CAP ARCONA*
>
> *IN DER NEUSTÄDTER BUCHT AM 3.MAI 1945*
>
> *DEN TOD FANDEN*

Als hätten sie ihn hier gesucht. Hans fasst sich an den Kopf und schiebt sich die Brille zurecht. Wer sucht sich seinen Tod? Und wieso hier? Am Ufer die Neustädter in der Lübecker Bucht. Das fehlte ihnen noch, denen die hier ruhen sollen. Dass man sie verhöhnt! FurchtbarerText, findet Hans. Brav im Rahmen der Rituale der Nachkriegstrauer. Taugen zu nichts, als zum Verschleiern und Vergessen der konkreten Umstände des Todes gerade dieser Toten.

Hans löst seine Augen von den hier und da schon vermosenden Worten und lässt sie ganz langsam das Holzkreuz in den augustblauen Himmel hochkriechen. Und wieder hinunter, von ganz da oben wo. Und sieht wieder mal, was gar nicht zu sehen ist. Was die kühnen, jungen Kampfflieger der Royal Air Force kurz vor ihrem Sturzflug auf die friedlich vor Anker liegende, kleine Flotte da unten vor Augen hatten. Ein besonders großes, heruntergekommenes Schiff in der Art ihrer Queen Mary. Ein grauer, klappriger Kasten, reif fürs Abwracken. Hans kneift die Augen zusammen und sucht weiter und sucht die Decks nach eventuell doch vorhandenen, in den Himmel starrenden Kanonen und Maschinengewehren ab. Findet aber keine. Und zögert eine Sekunde lang in der offenen Kanzel eines Jagdbombers Typ Typhoon und stürzt sich auf einen größer und größer werdenden Passagierdampfer. Sieht auch gerade eben noch diese seltsamen, zebragestriften Passagiere, die ihm was zufuchteln, ihm zuwinken, hat aber schon abgefeuert seine Raketen und hat seine rasende Flugmaschine schon wieder hochgezogen. Die Augen dieses blutjungen Kerls sind höchstens halb so alt wie seine eigenen gewesen. Ein großbritannischer Twen mit erhöhtem Puls hinter einem brüllenden Propeller.

So könnte es gewesen sein, für die da oben, mit nichts als schwarzen Schutzbrillen vor Augen. Was noch sahen sie da unten, außer den KZ-Kitteln? Keine Uniformen! Weder grüne, braune noch schwarze Uniformen waren erkennbar. Die Totenköpfe der SS waren längst von Bord, schon nach den ersten Einschlägen des ersten von drei geflogenen Angriffen. Was wollten die denn, diese immer noch wie verrückt winkenden Dreckskittel auf diesem rauchenden Schrottkasten. Kein rotes Kreuz? Nein, kein einziges rotes Kreuz auf diesem Schiffszwitter, ein ziviles Schiff in den letzten Tagen eines Krieges. Trotzdem, nichts wie raus und runter mit den Raketen und Brandbomben. Und leichter, spritsparender und zurück in den blauen Himmel des Monats Mai. Vielleicht doch ein Blick noch auf die verrauchte Bucht. Befehl ausgeführt! Nun nur noch nach Hause, nach Hause wollen wir – mit letztem Sprit in den nahenden Frieden, zu Frau und Kindern. Die sie auf der Cap Arcona nicht gesehen haben.

Flying home, flying home!

Zu langes Himmelgucken ist ungesund. Hans wird schwarz vor Augen. Es schwankt das Kreuz, schlingert der Stein. Und der Leitz schwitzt ihm unterm Arm. Er schlägt ihn auf, blättert ihn durch und findet, was er sucht.

„So griff am 3. Mai 1945 im Zuge eines letzten massiven Schlages gegen die deutschen Schiffe und weitere militärische Ziele die Staffel 198 (*nicht nur diese Staffel!*) die nicht gekennzeichneten KZ-Schiffe Cap Arcona und Thielbeck an (*in drei gezielten Angriffsflügen!*), obgleich die mitgeführten Raketenbomben nicht für ein See-Ziel dieser Tonnage geeignet waren (*Sooo? War die Mischung aus Raketen und Brandbomben nicht außerordentlich gut in ihrer verheerenden Wirkung? Das funktionierte doch ausgezeichnet: Erst wurden Breschen in die Schiffskörper geschlagen und dann Brand gelegt!*) und bei weitem nicht alle Treffer (*mehr brauchte es nun wirklich nicht!*) im Zielgebiet lagen. *Was die Piloten nicht hinderte, mit Bordkanonen auf die Köpfe der im eiskalten Wasser um ihr Leben kämpfenden Menschen zu zielen!*“

Klingt wie übersetzt, oder?

Wo ist das englische Original des deutschen Dokuments eines Untersuchungsberichts?

Wer hat es geprüft und beglaubigt?

Und warum gab es keine Gegengutachten, wenigstens nur in einer Sprache jener sechzehn in Mitleidenschaft gebrachten Nationen? Nichts als die wenigen verstreuten Berichte von Überlebenden, dreihundert von über siebentausend.

Hans schwitzt und liest weiter, was er schon lange im Kopf hat. Er liest es für jene Achthundert und Zehn.

„Das (was?) führte später zu einer technischen Begutachtung des Wracks durch britische (*Warum nur britische?*) Spezialisten. Sie stellten fest, dass die Cap Arcona in einer Schiffssektion explodierte, die zumindest(?) keine Treffer aufwies *(was dann?)*. Der Schaden *(nur Sachschaden?)* in diesem Bereich führte letztendlich zum Inferno und Kentern des Schiffes. (*Wenn das keine Spurenverwischung ist, fresse ich einen Besen! Im Klartext heißt das nämlich: Eine Wirkung nicht von außen, nicht von der RAF verursacht. Sondern von wem, wenn nicht von der SS verursacht! Nicht nur wir waren es. Die SS war es auch. Aber, eine Bombenexplosion kann man ihr nicht auch noch in die Schuhe schieben. Gewollt hätten sie schon, wenn sie gekonnt hätten. Haben sie aber – höchstwahrscheinlich – nicht!)*"

Hans klopft mit dem Knöchel seines Zeigefingers auf die Leitzpappe.

„Eine Verknüpfung von tragischen Umständen*(!)* führte aber letztlich dazu, dass die von deutscher Seite vorbereitete, hinterhältige Falle (*Bis heute gibt es keine beweiskräftig nachgewiesenen Tatsachen für einen organisierten Hinterhalt! Hätte es ihn gegeben, wären die RAF voll hinein getappt. Was nicht so gut ausgesehen hätte, weder für die Befreier, noch für die von ihnen zu Befreienden.*) nicht entdeckt wurde. (*Das ist er, der Tenor in der Untersuchung dieser Tragödie! Die verantwortlichen Offiziere und Piloten der RAF wurden nie vor Gericht gestellt, weder vor ein englisches, noch vor ein deutsches, geschweige denn vor ein europäisches Gericht. Warum? Weil seinerzeit doch endlich Schluss sein sollte mit dem verdammten Krieg! Weil der deutsch-englische Frieden schlussendlich hochgehalten werden sollte. Dieses blutfrische, noch so junge Einvernehmen zwischen Siegern und Besiegten.*)"

Holde Eintracht.

Vielleicht schalte ich mich hier mal ein und teile der oder dem geneigten Lesenden mit, was weder der Historiker Hans, noch die Fremdenführerin in Betracht ziehen. Dass die englischen Piloten nicht unmöglicher Weise nicht gewusst haben könnten, wen sie am 3. Mai 1945 bombardiert und vernichtet hatten. Was sie bestimmt nicht haben wissen können, ist Folgendes: Dass dieses Schiff mit seinen Tausenden von verhungernden Gefangenen bzw. unliebsamen Zeugen im nahenden Frieden rechtzeitig von der SS versenkt werden sollte. Hätten sie es gewusst, warum hätten sie ihren englischen Feinden dann diese vergleichsweise mühselige Arbeit abnehmen sollen?

Hans knallt seinen Leitz zu, klemmt ihn sich unter den Arm und dreht sich nach der Frau in seinem Rücken um. Wo sie nicht mehr war. Wie vom Erdboden verschluckt. Warum wurden ihm die Knie so weich? Sicher wegen der Hitze an diesem immer noch so heißen Nachmittag eines Tages im Hochsommer. Der ihm die Brille beschlug und den Schweiß nicht nur auf die Stirn trieb. Für den Schweiß musste sein Oberhemd herhalten, das er sich aufknöpfte und mit dessen Zipfel er sich die Brille vor seinem Bauch wieder klar rieb. Mit einem Flattern darin.

Verflixtes Flensburger!

Zu wenig Abstand, das ist alles, lieber Hans.

Der jetzt ein, zwei Schritte und doch zu weit zurücktritt. Ohne sich umzusehen! So was tut man nicht, auf unbekanntem Terrain. Das ist leichtsinnig. Und prompt fällt er nach hinten über. Fängt sich aber, gerade eben noch. Hinkt nach vorne und hopst von einem Bein aufs andere. Wie so ein Hampelmann! Der sich zu guter Letzt noch wo verfängt und mit dem Hacken im Gestrüpp über einem Grabe hängt.

Verfluchter Efeu!

Schimpft er lauthals, fuchtelt mit den Armen in der Luft herum und kämpft tapfer, ach so tapfer um sein bisschen Gleichgewicht. Kommt endlich aber doch wieder auf beide Beine. Bückt sich und reißt sich voller Wut den Efeu von seinem Fuß. Und sieht jetzt erst genauer auf das Grab, dem er seinen Affentanz verdankt. Und traut seinen Augen nicht.

Auch den goldenen Buchstaben in diesem Grünzeug nicht. Zwei Vor-, ein Nachname. Nils und Holger! Hier also, unter diese Erde hatte man sie gebracht, die beiden Kumpel seiner Kindheit. Auf deren Beerdigung er nicht gehen durfte. Wegen des Friedhofsverbots! Friedhöfe sind nichts für unser Sensibelchen, hatte der Vater befunden. Dem die Mutter selten widersprach.

Was Nils und Holger wohl dazu gesagt hätten?

Zu seiner Gehorsamkeit.

Nicht mal auf unsere Beerdigung hat er sich getraut, unser feiges, kleines Schwein. Wenn schon nicht mit uns aufs Eis! Sieht ihm ähnlich, unsrem Muttersöhnchen, keinen Mumm hat er im Mark.

Wer hustet da, in meinem Rücken?

Sie natürlich, wer sonst hätte mich ertappen sollen. Sie nur, die am Pfosten des Vordachs der Friedhofskapelle lehnt und alles mit angesehen hat. In aller Gemütsruhe war sie Augenzeugin meiner beschämenden Hampelei am Fuß des Mahnmals der Cap Arcona geworden. Beide Arme gemütlich vor der Brust verschränkt.

Titten, hatte er Nils und Holger, die Stimmen seiner beiden Rüpel, im Ohr.

Schweigen, peinigendes auf einem Waldfriedhof.

Nur Hans hätte es brechen können. Wozu sie ihm keine Zeit lässt. Und jetzt selber laut wird. Gebieterisch, die Augen halb geschlossen, streicht sie so langsam mit nacktem, ausgestrecktem Arm über die nahe Landschaft der Steine und Kreuze hin, dass er nicht wagt, seinen halb schon geöffneten Mund wieder zu schließen.

„Lauter Lesezeichen", flüstert sie.

Gebannt folgt Hans ihrer Hand bis in die hinterste Ecke des Friedhofs. Dorthin, wo die Blumen verwelken, die Kränze vertrocknen und die tröstenden Sprüche der schneeweißen Schleifen verbleichen.

„Tand für die Toten", flüstert sie.

„Im Süden, da gehen sie anders mit ihren Toten um. Da fürchten sie sich nicht, vor deren Angesicht. Da schauen sie ihnen in die Augen. In die sprechenden Augen auf Portraits oder Gelegenheitsfotos. Klick klack Agfaklack, hat es mal geheißen.

Als an den Tod gar nicht zu denken und alles noch recht freundlich war. Nicht doch! Nicht so bitter ernst jetzt! Wir sind doch auf keinem Friedhof nicht. Also bitte! Lachen, lächeln wir jetzt alle mal. Was haben wir gelacht, im Blitzlicht der Geburtstage, der Hochzeiten, und anderer Festessen der Familie, der Freunde und Freundinnen.

Da lebten wir ja noch! Da war das Leben noch ein Sommerfest. Und Gevatter Tod sein ungebetener, unsichtbarer Gast. All die Fabeln voller Fotos. Die wir immer wieder hervorkramen und durchblättern, auf der Suche nach dem nur einmal gelebten, abgelegten Leben. Und innehalten vor dem Bild des einen oder der anderen. Die vor uns gestorben sind."

Immer noch flattert die Hand an ihrem ausgestreckten Arm, nackt bis hoch in die Höhle ihrer Achsel.

Bis sie sich abstößt, mit bloßer Schulter vom groben, rissigen Holzpfosten des Vordachs der Kapelle dieses Friedhofs. Ein kurzer, harter Ruck. Steht jetzt ohne jede Stütze da und stakst auf ihn zu, auf den roten Bleistiften ihrer High-Heels. Die in die weiche, schwarze Erde sinken.

„Stellen Sie sich das mal vor!"

Achthundert und zehn Passfotos der unschuldig verschleppten, schließlich auf die Cap Arcona verfrachteten Menschen aus 16 europäischen Ländern. Allesamt angebracht unter diesem Holzkreuz, die Felssteine der Friedhofsmauer entlang. Und kein Fest mehr, nur noch Angst, Durst, Hunger und Typhus in gequälten Gesichtern. Hier und da ein fragendes Lächeln, ein Hoffnungsschimmer. Ahnungslos ahnungsvoll. Zu viel erlebt, durchlitten.

Durchhalten!

Haben wir das etwa nicht? Wie lange denn jetzt noch? Und wie, wie denn? Gesichter im Dunst einer schlechten Sicht in der Lübecker Bucht. Im Licht eines frühen Nachmittags. Im Frühling des Jahres 1945. Die Küste nicht so fern. Die Sonne kam zu spät."

Kraftlos klatscht der ausgestreckte Arm ihr auf die Hüfte. Erwacht Hans wieder auf wie aus einem bösen Traum. Holt er Luft und heftet seine Augen auf das Rätsel dieser Frau vom Strand. Die gleich hinstürzen wird, wenn er sie nicht auffängt. Ihr nicht den Arm hält. Den er ihr so gerne reichen würde. Und mehr noch, mehr! Was denn noch? Jetzt, wo sie so heftig um Atem ringt. In ihrem Sommerkleidchen! Das ihm zu wünschen übriglässt.

„Hört er mir überhaupt zu, der Herr Kurgast?"

Hans nickt, eilfertig.

„Gräber sind Kassiber!"

Da reicht es ihm endlich, hat Hans genug von ihrer Nekrologie. Lass sie endlich in Ruhe, deine Achthundert und Zehn! Aber das kann sie eben nicht, mit fahrigen Händen an ihrem Sommerkleid. Als wäre es wo glatt zu streichen. Glatter geht es wirklich nicht. Sitzt wie angegossen in einer leichten Brise. Sitz so, als trüge sie nichts darunter. Nur noch diese roten Schühchen. Nicht mal ein Damentäschchen baumelt an ihrer Schulter. Für Kamm und Lippenstift, braucht sie nicht.

„Wie, wenn sie jetzt hier wären! Unsichtbar um uns, alle 810!"

Was für ein Unsinn!

Außerdem wären unsere beiden dann nicht mehr allein. Dann blieben sie nicht mehr unter sich, für sich.

„Warum nicht? Warum sollten sie nicht doch hier irgendwo sein? Hier, wo sich alles um sie, nur um sie dreht. Wo sonst, wenn nicht hier? Auf unserem Waldfriedhof, mit seinem schweren Gedenkstein, dem hohen, schwarzen Kreuz. Unser Kreuz, ihre Boje, ihr Leuchtturm in der Wüste der Lebenden. Unser Friedhof, ihr Anleger, ihr Steg an Land. Zu uns nicht nur an jedem dritten Fünften all die Jahre. Nicht nur vierzigmal! Vierzig abgehakte Rituale des ihrer Gedenkens. Bei denen sie dann auch nicht zu Wort kommen. Wo sie immer wieder abgewimmelt werden. Und unter sich, statt unter uns bleiben. –

Verstehen Sie mich denn nicht?"

Noch bevor Hans Nein sagte konnte, schlug sie sich so hart mit beiden flachen Händen auf die Ohren, dass es nur so knallte.

„Ich höre, höre sie doch schon!"

„Hören Sie weg, hören Sie besser weg", hüstelte Hans.

Worauf sie einen regelrechten Hustenanfall bekam. Rot anlief und wen angiftete dabei? Hans natürlich, der erschrak vor ihren giftgrünen Augen. Eine Furie! Eine Furie hatte er vor sich. So also sehen sie aus. So was hält man sich besser vom Leibe. So jemand hat keine Räson mehr! Was Hans sofort begriffen, gefressen hatte. Und war ihr doch schon ausgeliefert. Gleich geht sie auf ihn los, fällt über ihn her. Nur weil er sie nicht versteht, weil er sich weigert, ihren Wahnsinn mitzumachen.

Also, nichts wie weg von ihr und runter von diesem Totenacker!

Was hindert, hält ihn noch?

Er kann sie doch nicht einfach stehen-, sich selbst überlassen. In ihrem Zustand! Das wäre, was wäre das noch? Unterlassene Hilfeleistung, wäre das. Das ist strafbar, das kommt vor Gericht kommt das.

„Gerecht, nur gerecht wäre das doch, mein Herr. Wenn sie jetzt hier irgendwo herkämen. Um mit uns ins Gespräch kommen könnten. Recht und billig wäre das. Haben sie sich das nicht redlich, endlich redlich verdient? Wo man sie am Ende ihrer Irrfahrten in den deutschen Todeszonen nicht mal befreit hat. Wo sie ihre Vernichtung einem dummen Zufall, bestenfalls einem banalen Irrtum zu verdanken hatten. Nicht mal zum Himmel schreit das mehr. So banal total, ja ja, banal total kommt mir das Ganze vor. Ich bin doch nicht blöde oder etwa auf den Kopf gefallen, mein Herr!"

Wie denn, wie denn auch? Wo sie, und gerade jetzt, ihre Arme hoch über den Kopf reißt und keucht und nicht weiter weiß. Sie wird mir hier doch keinen Handstand vorführen? Das wäre was! Komisch wäre das und nicht ungefährlich. Hans sorgt sich zu Recht um ihr dünnes, rotes Schuhwerk. Geht gleich kaputt, gleich bricht ihr ein roter Hacken ab, stürzt sie hin, verletzt sich gar. Dann kommen wir ja nie von diesem Totenacker runter.

Vorsorge!

Vorsorge musst du treffen, du mein lieber Hans.

Musst sie vor sich selber retten, auf sie zugehen, jetzt. Den ersten Schritt tun. Den er dann auch tut. Aber zu weit, gleich der erste Schritt zu weit. Hans, du Tölpel, du! Den sie auch schon zurückgestoßen hat. Grobe Furie, die. Sodass er nun, und *nicht sie*, hinfällt. Was ihr gar nicht weiter auffällt.

Hat sie denn keine Augen im Kopf?

„Ihr da, Ihr ganz umsonst Gestorbenen. Umsonst, ganz umsonst..."

Weiter kommt sie nicht.

Und jammert nur noch, unser grobes, großes Mädchen. Das nicht wahrhaben haben will, was wirklich geworden ist. Endlich sieht sie sich um, nach ihrem getreuen Kurgast. Wo ist er denn? Mein komischer Sommergast. Träumt sie? Nein, ich träume nicht. Hört sie sich, sich und das ferne Echo im finsteren Wald ihrer heiseren Stimme. Da schüttelt es sie durch, friert sie im Hochsommer, wird sie einen Frost nicht los.

„Was geschieht hier", fragt sie in die Stille. „Was geschieht, nichts geschieht. Wenn sie nicht kommen. Dann gibt es Sturm. Was wir brauchen ist ein Sturm."

„Einen Sturm?"

„Da sind Sie ja wieder. Wo waren, was haben Sie denn? Sie sind mir ganz grau geworden. Grau vor was, vor Angst, dass sie wirklich kommen? Sie doch nicht, Sie brauchen keine Angst zu haben. Sie kommen doch nur zu mir, in ihrem Sturm."

Und dreht sich, fängt langsam an, sich im Kreis zu drehen auf einem ihrer bleistiftdünnen, hohen Hacken. Jetzt wird sie, nicht ich fallen, hofft Hans. Und je länger sie sich dreht, desto dicker wird die warme, nasse Luft und macht ihn schwindelig. Also doch ich und nicht sie, denkt er noch. Und will ihr helfen und kann es nicht.

„Was ist noch schlimmer, schlimmer als die totale Vernichtung von Menschen? Frage ich Sie! Und sage es Ihnen lieber gleich, bevor Sie vor mir weglaufen wie so ein Friedhofshase: Schlimmer als ermordet zu werden, ist der Hohn, den die Mörder vorher ausgießen auf ihren Opfern. Kein Hahn wird krähen nach euch! Niemand wird wissen, wie und warum ihr gestorben seid. Sang und klanglos werdet ihr verschwunden sein, vertilgt von Wasser und Erde. Und niemand wird je wissen, was mit euch geschehen ist. Es wird sein, als wäret ihr nie dagewesen. Und…", holt sie Luft, „sie haben ganz Recht, mein Herr. Als sie vorhin bemerkten, dass wir mit den Worten unseres Gedenkens machtlos gegen diesen Hohn sind."

Hans fühlt sich endlich wieder wahrgenommen von ihr. Die sich endlich wieder in ihrer Gewalt zu haben scheint. Ihm ist, als hätte sie ihn eingeweiht in ihr Mysterium. Er ist froh über das Vertrauen, das sie ihm da plötzlich entgegengebracht hatte. Und würde nun so gerne wieder auf sie zugehen, ihr näher kommen. Gerade jetzt, weil sie ihn so ansieht, als hätte sie ihn endlich wiedererkannt. Und würde sich seiner annehmen, statt den Nichtsen der Cap Arcona.

Warum so wütend, Hans?

Hier die Antwort!

„Ich will, dass sie wissen, dass ich die Geschichte ihres Lebens und Leidens nicht vergessen werde. Sie sollen wissen, dass ich ihr Leben und Sterben immer vor Augen haben werde. Schluss mit jeder Wiedergutmachung! Keine Litaneien des sich Abfindens und der Versöhnung mit dem Unversöhnlichen mehr. Die überlasse ich getrost den Gedenkindustriellen. Die mithelfen, uns aus unserer Mitverantwortung für die Toten herauszureden. Mit ihren windelweichen Wendungen wie Schicksal, tragische Umstände, Zufallsketten, Irrtümer… – Schluss mit diesem Rückwärtskitsch!"

Hans hätte sie jetzt gerne unterbrochen und sich zu Wort gemeldet, ihr etwas entgegnet oder so.

Vergebens, ganz vergebens.

„Es lebt ein Wahn in uns. Der Wahn des besser Lernen und besser wissen Wollens. Er steigt uns immer noch in den technisch-wissenschaftlich verkleisterten Kopf. Mit denen wir Maschinen erfinden, die uns dann darüber wachsen und die nur noch auf ihren Einsatz warten. Nicht mehr auf unser Einvernehmen! Kopfkleister nenne ich die neuen Ungeheuer Francisco Goyas. Die uns die Vernunft rauben, während wir schlafwandeln. Sie hängen übrigens neben dem kleinen schwarzweißen Foto der in Brand geschossenen Cap Arcona in meinem Schlafzimmer."

Goya?, stutzte Hans.

Hieß so nicht das Schiff der dritten großen Katastrophe im baltischen Meer? „Goya", „Wilhelm Gustloff" und „Cap Arcona". Um die Toten der „Goya" hat sich bis heute niemand gekümmert, auch Hans nicht. Tausende und so vergessen wie diese Fremdenführerin es gerade eben noch an die Wand gemalt hatte: Im Hohn der Mörder!

Hans lächelt wie ein altes Kind, das nicht traurig sein will. Und klopft störrisch auf den Leitz unter seinem Arm. Auch die Goya, ja ja, wird demnächst ihre Akte in seinem Ordner haben.

„Was lächeln Sie denn so?"

Das aber, das wird er ihr jetzt lieber nicht anvertrauen. Denn, wer will schon auf einem Friedhof übernachten?

„Zuweilen, müssen Sie wissen, mein Herr, wenn ich meine Kurgäste in Erfüllung meiner beruflichen Verpflichtung vor das Mahnmal auf unserem schönen Waldfriedhof führe, dann lasse ich sie da stehen. Vor dem schwarzen Kreuz über dem Stein an der Mauer. So, wie Sie vorhin. Jeder Mensch muss schließlich alleine mit der Cap Arcona fertig werden und sich seine eigenen Gedanken machen. Ich werde niemandem zu nahe treten!"

Lacht kurz und schrill auf.

„Ich will doch nicht fristlos gefeuert werden. Wegen Indoktrinierung von Kurgästen. Ich habe nur diesen Job!"

Hans nickt und glaubt zu verstehen, wird aber sofort wieder misstrauisch, weil sie ihre Ohren wieder so malträtiert, mit beiden Händen und dann auch den Mund. Als hätte sie sich verraten. Was er nicht wissen darf und er doch wissen will. So dass er sich leicht nach vorne zu ihr rüber beugt, wie um ihr behilflich zu sein bei der Abnahme eines Geheimnisses. Wozu sie, weil sie sich jetzt selber leicht nach vorne zu ihm rüber beugt. Fehlt nur noch, dass Hans sich die Hand ans Ohr legt.

Was für ein Scherenschnitt, ein Schattenriss in der tiefer stehenden Sonne dieses seltsamsten Sommernachmittags in seinem Leben. Sie mit der Hand vor ihrem Mund, er mit der Hand an seinem Ohr. So nah und doch so fern.

„Ihre Namen nisten in meinen Ohren."

Und richtet sich wieder auf und ist wieder ganz entspannt.

„Sprachen hätte ich lernen sollen, nicht Gäste führen, mein Herr. Dann könnte ich alle achthundertzehn Namen richtig aussprechen. Akzentfrei, in der Sprache ihrer Mütter und Väter. Vor- und Nachnamen!"

Auf diesen Unsinn ist Hans nicht vorbereitet. Er ärgert sich und fühlt sich hinters Licht geführt. Wann ist endlich Schluss mit Kuss?

Noch lange nicht!

Jählings heult eine Sirene von hinter dem Wald des Friedhofs auf. Irgendwo brennt es immer.

„Höret, höret!"

Stimme reibeisenrau, doch flehentlich.

„Meldet euch! Sprecht euch aus! Berichtet wie kam, was kam!"

Hans ist beleidigt. Hat er nicht alles in seinem Leitz und schwarz auf weiß?

„Sagt es mir. Lasst mich nicht allein hier!"

Alleine?

Bist du doch gar nicht!

Bist du doch bei mir.

Das war ja nicht ganz falsch. Und doch zählte Hans nicht mehr. Er, der nur mit ihr allein sein wollte, war jetzt so gut wie ohne sie. Rieb sich die Stirnglatze, nahm sich die Nickelbrille von der Nase und sah sich um. Unauffällig. Niemand da sonst. Nur ihr Mummenschanz. In dem sie losschreit und ihm ihren Finger blitzschnell in die Brust stößt. Und ihn so langsam wieder zurückzog, als hätte sie Blut daran. Hatte sie aber nicht. Hatte nur Hans vor sich. Dessen Augen von ihrem Mund, ihren Lippen und den Zähnen dahinter nicht loskam. So hörte er sie nicht mehr.

Wie lange soll das so weitergehen?

Da macht er nicht mehr mit. Da geht er lieber. Und geht dann doch nicht. Mal sehen, was jetzt noch alles wird. Sie nicht alleine lassen jedenfalls. Ist sie doch gar nicht! Spricht doch wie zu wem. Zu wem denn? Röchelt sie so, wie aus dem Hohlraum einer andren Welt. Nein, nein. Nicht aus dem Bauch. Sie waren ja nicht auf einem Jahrmarkt. Sie waren auf einem Waldfriedhof. In Lade- und Stauräumen der Cap Arcona. Luken zu! Damit sie darin erstickten. Und wollten doch nur ans Licht und hätten sich Feuer geholt. Alle auf einmal wollten sie die Sprossen der schmalen Steigleitern hoch und zertraten sich die Hände in der Finsternis – in die sie zurückstürzten und liegen.

Die Frau vom Strand keuchte bis zum Umfallen. Hans hätte sie gerne davor bewahrt. Den Gefallen aber, den tat sie ihm nicht. Nach Gefallen war ihr nämlich nicht.

„Geben Sie sich keine Mühe, mein Herr!"

Kühler ging's wohl nicht und immer noch so heiß.

„Sie stören gewaltig, mein Herr!"

Hans, das war dein Laufpass.

Er dreht sich weg und geht tatsächlich, sieht sich nicht mehr um nach ihr. Und geht weiter. Hätte er nur gewusst, wo es raus geht, wo die Friedhofstür ist. Er wäre weitergegangen. Wenn sie ihn gehen gelassen hätte. Hat sie aber nicht. Nur so ein paar Schritte, mehr nicht. Dann lenkt sie ein, geht sie ihm nach und packt ihn grob am Ellenbogen. Und schiebt sich darunter, hat sich schon eingehakt bei ihm.

Und jetzt so zutraulich, verdächtig zutraulich.

„Ich habe Angst. Sie kriecht jetzt wieder hoch in mir. Warum eigentlich? Warum werde ich nicht froh? Wo sie doch, kämen sie wirklich und nähmen sich meiner an – sie zerrissen mich doch!"

„Ich bin ja auch noch da", flüstert Hans.

Kriegt es nun aber selber mit der Angst. Wegen der Angst in ihrer Stimme, wegen dieser innigen, inständigen Angst in ihrer Stimme. Da nahm er sie ihr ab, die Angst vor denen, die sie angerufen hatte. Und hatte doch seinen Leitz unterm Arm. Wenn er den nicht hätte! Seinen Garanten für historische Wirklichkeit. Mit der sie ihm gestohlen bleiben kann, sie mit ihrer sinnlosen Angst. Wenn er nur nicht so schwitzen würde! Dieser verdammte Schweiß, der ihm aus der Achsel in die Akten rinnt. Und mir das Schwarz-auf-Weiß versaut. Hans hasst alles Graue.

Hoffentlich wird er nicht auch noch ganz meschugge.

„Immer wieder muss ich ran an meine Angst. Damit ich sie endlich rausschmeißen kann, eines schönen Tages. An dem ich den Strand entlang wandere und die Bahnhofstraße hochgehe bis vor das Mahnmal. Wo ich sie dann ein letztes Mal anrufe und sie auffordere, mich in Ruhe zu lassen... diese Meute wilder Hunde. Die mich nicht mehr niederreißen und zerfleischen..."

„Haben Sie denn gar keine Angst vor Hunden?"

„Ach, wissen Sie", sagt er da. „Sagen Sie mir doch lieber, wohin jetzt mit uns zwei beiden."

Mein Gott Hans, tumber geht's wohl nicht, was?

Was sie ihm aber gar nicht so übelnimmt.

„Wie drollig wir beide doch geworden sind, finden Sie nicht? Liegt so ein schwarz weißes, niedlich an den Rändern geripptes Bildchen auf einer dieser runden, falschen Marmorplatten in einem Café am Strand und – ich beiße auch noch an, falle drauf rein. Erst auf so ein Foto und dann auf so einen Mann. Der nicht mal den Kopf hebt, wenn sich eine fremde Frau an seinen Tisch setzt. Dann aber nicht mehr weiß, wo er hingucken soll. Nur nicht auf diese Frau. Die ihn einfach abschleppt. Der ihr dann folgt wie so ein Hund. Mir, mit meiner Angst vor Hunden."

Lacht schrill.

„Mit mir ist nicht gut Kirschen essen, muss ich Ihnen gestehen."

Hans überhört ihre Warnung, fühlt sich in der Zielgeraden. Vergisst die Furie, folgt seiner Fremdenführerin und klemmt sich den Ordner noch fester unter den Arm. Was in Anbetracht der Schweißmengen, die seine Akten schon aufgesogen hatten, deren Lesbarkeit sicher nicht sehr dienlich war. Und doch hat seine launische Dame es gerade darauf abgesehen, auf das historisch Konkrete ihres Kavaliers.

„Was da unter Ihrem Arm klemmt, vergessen Sie es getrost. All diese Historien, die uns ihre Wirklichkeit aufdrängen und für wahr gehalten werden wollen. Wahrheit, die ganze Wahrheit wird es selbst in den Archiven der Royal Air Force nicht geben."

Hier hätte unser Historiker sicher was einzuwenden gehabt und seiner Zunft eine Lanze brechen wollen. Warum tat er's nicht? Weil er nun nichts mehr riskieren wollte. Keinen unnötigen Streit vom

Zaun brechen! Sonst kommen wir ja nicht vom Friedhof runter. Es geht doch noch ganz woanders hin. Das Zimmer mit Seeblick steht zur Disposition.

„Sie, mit Ihrer Pappmaschee unter Arm! In die Sie die Geschichte der Menschen reinpressen. Als handelte es sich um Zitronen! Lieber hysterisch, als historisch, sage ich mir dagegen. Auch auf Archive ist kein Verlass. Was soll ich noch lange warten? Auf die Öffnung des RAF-Archivs im Jahr 2045? Auf die Lösung des Jahrhunderträtsels? In Staub verfallen wird es bis dahin sein. Da leben wir doch längst nicht mehr!"

Die Sonne stand jetzt schon tiefer als gedacht.

„Das hat Zukunft! Jenes Amalgam aus Absicht, Irrtum und Vernichtung. Ein explosives Gemisch aus Rettung und Vernichtung. Aus Freiheit inmitten der Unfreiheit. Meinen Sie das nicht auch, mein Herr?"

Diese Frage ist also nicht an mich gerichtet, sondern an den armen, überforderten Hans. Dem ich sie abnehmen werde. Natürlich ist Irren menschlich. Und die Menschen sind bisher immer noch mit ihren Irrtümern fertig geworden. Sagt man gemeinhin und so seltsam leicht. Nur, dass der letzte große Irrtum das Leben von fünfzig Millionen Menschen gekostet hat. Werden es Milliarden sein beim nächsten Mal?

Da war es wieder, dieses Schweigen zwischen ihnen. Hans hätte es ruhig etwas länger aushalten sollen. Aber er fühlte sich plötzlich so lächerlich und sie so ungeheuer. Wie leichtsinnig er sich eingelassen hatte, auf diese Frau vom Strand. Er zuckt mit den Schultern und dreht sich um.

„Schon wieder nur weg, der Herr? Wieder nur weggesehen und weggegangen?"

Warum denn nicht, du fängst ja doch gleich wieder an mit deiner irren Rede. Bin schließlich weder Psychiater, noch Hexenaustreiber. Sieh mal in den Spiegel! Den du nie bei dir hast. Was aus dir geworden ist, seit heute Mittag. Deine Haare strähnig, deine grünen Augen mit tiefen, blauschwarzen Rändern. Wie so ein Seepferd siehst du aus! Und jetzt bleckst du auch noch deine Zähne. Warum hast du keinen Lippenstift? So ein Lippenstift, der macht was her.

Woher seine Wut?

Er fühlt sich von ihr an der Nase herumgeführt. Mit Hilfe der Cap Arcona um dieses Weib herum. Wasserhexe, hätte Hans, beinahe laut, gesagt. Und wenn sie ihn jetzt nicht unterbrochen hätte in seinen gehässigen Gedanken, hätte er ihr seine Wut offen ins Gesicht geschleudert.

„Habt es doch so gut gemeint, wie ihr ihnen mit den Flügeln eurer Bomber über dem Lager Neuengamme zugewinkt habt. Wo sie strammstanden, tief da unten zum Appell. Mut, Hoffnung, Durchhalten winktet ihr ihnen zu. Nur um sie dann erst in ein Flammen- und dann in ein Eismeer zu jagen. In dem unsere Köpfe euren Bordkanonen als Zielscheiben dienten. Was für einen Mordsspaß müsst ihr doch gehabt haben."

Da Hans nichts zu entgegnen hat, springe ich für ihn ein und behaupte nach bestem Wissen und Gewissen: Es waren doch nicht dieselben! Die Mannschaften der Bomber, die den Gefangenen von

Neuengamme im April 1945 zugewinkt hatten, die wurden doch abgelöst von welchen, die sich ihre Bodenkenntnisse noch erfliegen mussten.

Wieder zu Atem gekommen, flüstert sie laut hinter dem Vorhang ihrer nach vornüber gefallenen blonden, strähnigen Mähne. Die Haare im Nacken kurz, aber gesträubt, fauchte sie wieder los.

„Was, zum Teufel, wollt ihr noch von mir?"

Aber du, warum willst du nicht endlich was von ihm? Worauf sonst wartet er? Was noch hält ihn bei dir?

„Wohin mit einer wie mir? Die nichts anderes will, als dass ihr endlich zu Wort kommt. Das ich dann bis vor den internationalen Gerichtshof für Verbrechen an der Menschlichkeit tragen werde. Wo ich, da leider ohne jede juristischen Kenntnisse, einen internationalen Anwalt für euch beauftragen werde. Jura hätte ich studieren sollen!"

Da öffnet sie endlich den Vorhang der Strähnen ihrer Haare und wirft sie sich über die Schultern.

„Alles muss wieder aufgerollt werden. Zu allererst der Fall des Kapitäns der Cap Arcona. Der als einziger hinter Gitter kam. Wenn auch nicht für das, dessen wir alle hätten schuldig werden können. Nicht in juristischer Hinsicht jedenfalls."

Noch leiser jetzt, an der Grenze des Hörbaren.

„Es muss ja nicht gleich eine Machete sein. Nur in Reichweite muss sie sein. Und dann möchte ich mal sehen, was wir alle machen würden. In so einer Situation. In der es um Leben oder Tod geht. Und jeder sich selbst der nächste. Bestien, wir alle!"

Hans horcht auf, stutzt und hofft auf Weiteres.

„Mir hilft schon, wenn mir wer zuhört, wissen Sie. Und das Gehör, das Sie mir schenken, das schenken sie ihnen. Sie haben niemanden außer mir."

Hans schaudert und gibt auf. Sie ist nicht mehr bei Trost. Sie ist nicht mehr zu retten. Da rettet sie ihn.

„Wie heißen Sie eigentlich?"

Es dauerte, bis diese denkbar einfache Frage durchgedrungen war bis zu ihm. Bis Hans begriffen hatte, dass er gemeint war. Und niemand anderer. Da antwortete er, einfältig wie er war.

„Ich heiße Hans und wie heißt du?"

Ist ihm noch zu helfen?

„Wie ich heiße, wollen Sie wissen?"

Und aus der Traum vom Einfachsten auf der Welt. Ein Mann sagte einer Frau seinen Namen und will nun nur noch, dass sie ihm ihren sagt.

„Meinen Namen also! Wissen Sie was? Da gehen Sie am besten gleich in die nächste Telefonzelle. In die da drüben vor dem Bahnhof zum Beispiel. Da können Sie dann einen dieser dicken Wälzer wälzen, mit den Namen und Vornamen aller an dieser Küste wohnhaften Menschen. Und die können sie dann auch noch anrufen, für zwei Groschen im Ortsbereich. Und, schlagen Sie auch noch das Branchenverzeichnis auf, dann suchen Sie unter Eff wie Fremdenverkehr oder Tee wie Tourismus. Da haben Sie dann alles, was Ihr Herz begehrt. Öffnungszeiten inbegriffen, montags bis freitags von und bis. Da ginge ich dann ran, vielleicht, und höbe den Hörer ab. Heute aber, mein Herr, heute ist leider Sonntag."

„Sonntagabend", berichtigt Hans und wittert Morgenluft, unverbesserlich wie er nun mal ist.

Ganz so, wie die Frau vom Strand.

„Was wollen Sie noch wissen von mir, mein Herr? Wie alt und wo ich geboren bin? Geboren schon, aber wo, das wüsste ich auch ganz gern. Nichts Genaues weiß man nicht. Herkunft unbekannt. Ein Stiefkind bin ich. Stiefkind meiner Stiefeltern, wohnhaft in Hemmelsdorf am See. Übrigens gar nicht so weit von hier."

Klang das nicht doch schon wieder recht versöhnlich? Hans kann das Hoffen nicht lassen und hofft nur noch eins: Endlich runter mit ihr, von diesem verhexten Friedhof. Und wirklich, da gehen sie wieder. Wortlos noch, doch nebeneinander. Sie, als ging es nur an den Strand. Er sein Zimmer mit Seeblick vor Augen. Wohin denn sonst an so einem schönen Abend? Mit so einer Frau! Da werden wir dann schon weitersehen. Müsste ja mit dem Teufel zugehen, wenn nicht.

Irrtum, Hans!

Erstens kommt es anders, zweitens als man denkt. Drittens kommt es gleich, das Unvorhergesehene, nicht Berechnete. Und das, das sehen wir uns doch mal genauer an. Wie sie da nebeneinander hergehen. Kein Wunder, dass sie stolpert auf ihren Bleistiftschuhen. Vollkommen erschöpft von all dem Unsinn um die Cap Arcona. Als wäre es mit deren Toten nicht aus und für immer vorbei.

Er hätte jetzt sie, nicht sie ihn führen sollen.

Zur Abwechslung!

Dann hätte er besser auf sie aufgepasst und auf den Weg geachtet. Und nicht in die Luft geguckt, unser Hans Guck in die Luft. Der den Stein vor ihrem roten Schuh nicht sieht. Sodass sie stolpern, er sie aber endlich auffangen muss. Und sich doch verletzt, wenn auch nur ganz leicht und nur am Schlüsselbein. So eine kleine Hautabschürfung. Die sie mit ihrer Spucke auf der Kuppe eines ihrer Mittelfinger behandelt und sagt: „Spucke desinfiziert!"

Ja, aber meine noch besser als deine, denkt Hans.

„Bin schon ganz wackelig auf den Beinen. Hätte was Ordentliches zu mir nehmen sollen, vorhin im Strandcafé. Anstatt nur an meinem Kaffee zu nippen. Den Sie mir dann auch noch bezahlt haben, dankenswerterweise."

Klingt doch wieder ganz manierlich, findet Hans. Und denkt an einen kleinen gemeinsamen Umtrunk nach alledem. Und warum nicht auf ein Bierchen in die Bahnhofskneipe? Das hatten sie sich verdient. Kaum aber hat er seinen Mund auch nur halb geöffnet, schon hat er sich auf die Unterlippe beißen müssen.

„Morgens aus einem Haus gehen, das abends nicht zerstört ist. Das Fenster öffnen und im Abendrot versinken. Nicht verhaftet, noch verschleppt, versklavt und vernichtet worden sein. Nur gefangen sein, glimpflich davongekommen sein unter der Fuchtel gebildeter Männer und Frauen in Berlin und Anderswo. Wo sie sich in Konzertsäle und Theater begeben, die Kleinen zu Hause und wohlbehütet im Schlaf. Wo die Großen am andern Morgen veranlassen, dass die Gefangenen zur Arbeit oder in Viehwaggons geprügelt werden. Wer liegen bleibt, ist schon tot."

Sie kann es einfach nicht lassen, flucht Hans, die Schneidezähne auf der Unterlippe.

„Andre kommen gar nicht erst so weit, mit den Fetzen ihrer Schuhe an den nackten Füßen. Erfroren und verhungert im Winter fünfundvierzig am Rand von Wegen und Straßen mitten durch das Deutsche Reich. Andere wieder kommen auf das Totenschiff in der Lübecker Bucht. Wo es noch etwas Leben gibt, vor ihrem Tod."

Und schüttelt sich, wie zum Beweis und wie ein Hund, der eben aus dem Wasser an den Strand gesprungen ist. Und schiebt Hans, ohne jede Vorwarnung ihre Hand über den Unterarm. Das hatten wir zwar schon. Nun müsste es nur irgendwie weitergehen. Vielleicht kommt da noch was. Noch gehen sie nicht im Gleichschritt, noch ist es nur so ein unrhythmisches Geholpere. Das hilft ihnen nicht. Dazu das blöde Schweigen wieder. Als hätten sie sich schon alles gesagt. Da fällt ihm endlich was Vernünftiges ein.

„Wie wäre es denn, wenn wir jetzt endlich schwimmen gingen?"

„Schwimmen? Kann ich doch nicht. Weshalb mich mein Chef beinahe nicht eingestellt hätte. Eine Frau für die Kurgäste eines Seebades, die nicht schwimmen kann? Haben Sie das nie gelernt? Nein, habe ich ihm gesagt. Ja, warum denn nicht, Verehrteste?! Richtig ungehalten wurde der da. Eine erwachsene Frau in unserem Kurbad, die nicht schwimmen kann! Das geht nicht. Da habe ich ihn nur einmal angesehen, verstehen Sie. So von unten, mit meinen schmalen, grünen Augen. Das war es dann. Da nahm er mich."

„Und?"

„Gar nichts und. Ich kann immer noch nicht schwimmen. Wasser hat keine Balken für dich, hat meine Stiefmutter immer gesagt."

„Also gut, wenn nicht Schwimmen, was dann?"

„Das weiß ich doch nicht!"

„Aber ich, ich weiß es jetzt! Wie wäre es denn mit einem kleinen Bierchen, in der Bahnhofskneipe gleich da drüben. Ein oder zwei Bierchen stemmen! Wäre das nicht auch was für Sie? Bei dieser Hitze! So ein kleiner Abstecher in 'er Bahnhofskneipe?"

5

Überfall

„Das ist doch nicht Ihr Ernst?"

Und dann hatte ich ihm auch noch die Friedhofstür aufgehalten, statt er mir. Die Tür kreischte auf im Rost ihrer eisernen Angeln. Eine schmale Tür, durch die wir da gegangen sind. Warum habe ich meine Hand nicht von der Klinke genommen? Da konnte er gar nicht anders, als sich an mir vorbei zu reiben. Und ich habe mich in Acht genommen, vor seinem Leitz. Beide hielten wir den Atem an.

Das Taxi stand vor dem Bahnhof, ganz wie für mich vorhin. Als ich hier angekommen bin. Nun wird es noch etwas warten müssen, wenigstens auf uns. Wir sind noch nicht soweit. Erst in die Kneipe und dann nichts wie ab, ins „Seeschloss". So dachte ich immer noch. Wohin denn sonst noch? Zuerst auf die Hotelterrasse. Ist ja klar, nicht gleich aufs Zimmer. Der Blick auf die See ist die Brücke. Wenn wir nicht weiterkommen sollten. Schweigen, unsere letzte Klippe. Dann nur noch das Einzelbett. Ja, aber auch das war nicht vorherzusehen.

In eine Kneipe!

Ich trinke doch kein Bier, auf einen Abstecher schon gar nicht. Und nie in dieser Kneipe! Da könnte ich es gleich an die große Glocke hängen: Unsere Fremdenführerin stemmt Biere in der Bahnhofskneipe. Mit einem Kurgast! Einen Kaffee, den könnte ich jetzt gut vertragen. Den habe ich bitter nötig, nach alledem. Warum nicht im Strandcafé, in aller Ruhe endlich. Die Augen auf dem Wasser. Dort, wo alles anfing.

Da hatte sich einiges angestaut in mir, eine Woche Hauptsaison im Hochsommer. Das musste raus: Saturday Night! Wie hübsch sie sich hinzog, hübsch lang bis in den Sonntagmittag. Dann aber nichts wie nach Hause. Ausschlafen! Erst den Strand entlang. Kleine Wellen zischten in den Strand. Wie immer durchs Strandcafé und da dann, das Foto. Das verhängnisvolle, ach was, Verhängnis. Zufall, lächerlicher Zufall. Bin leider anfällig für so was. Und in letzter Zeit ganz besonders.

Soll er doch sein Bier alleine trinken. Was stehe ich hier noch rum? Anstatt schon auf meinem Sofa, im Bett zu liegen. Morgen ist Montag, Menschenskind! Holsteinische Schweiz. Und ich wieder nur die Schwatzblase vor Kurgästen. Und hier, meine Damen und Herren, da sehen Sie mal...

Und sah dann, wie ihm die Tür der Kneipe vor den Kopf knallte. Einen Schritt weiter, und sie hätte ihm das Nasenbein gebrochen. So fiel er mir nur in die Arme, den Leitz unterm Arm. Mit ins Grab nehmen wird er den noch. Klopfte ihm den Staub aus der Hose. Noch ganz benommen, wir beide. Und wurden dann auch noch ausgelacht, von drei Blondinen in der Kneipentür. Ich schnaubte vor Wut.

„Reg' dich nicht auf, Mädchen! Kommt rin, kommt ran. Hier werdet Ihr genauso bedient wie nebenan."

Nebenan, wo denn nebenan? Da ist nichts nebenan, außer dem Friedhof. Eine hatte es auf Hans abgesehen und tat so, als hätte sie ihn schon an ihrem Busen. So wiegte sie sich. Die andere aber, die hatte mich im Auge. Die sah mich länger an. Und blickte dann rüber nach rechts, irgendwie bedeutsam. Als wollte sie mir was sagen. Was denn, was wollte sie mir denn sagen? Diese Frau Ende vierzig, mit tiefen, schwarzen Ringen unter den Augen. Und Bitterkeit in den Kerben um ihren knallrot geschminkten Mund.

Es gibt ein Leben vor dem Tod!

War es das?

Weiß ich doch, weiß ich doch alles. Aber doch nicht in deiner Kneipe. Wenn du wüsstest! Funkte ich zurück. Woher sollte sie? So stand ich immer noch vor der Bahnhofskneipe. Und fand mich alleine. Hans hatte sich schon an allen dreien vorbeigeschoben und war im Kneipendunkel verschwunden. Er hat mich einfach stehengelassen. Und gedacht, ich komme ihm hinterher. Ich, die Hündin vorm Schlachterladen. Du musst ja nicht draußen bleiben! Da wurde ich wieder so wütend und hätte ihm am liebsten eine gescheuert. Besann mich aber, wandte mich ab, entfernte mich und floh die Böschung des Bahndamms hoch. Wo ich mich niederhockte, mich fallen ließ in kniehohes Gras.

Was war los mit dir?

Hättest ja auch eine Cola trinken können. Warst doch so durstig wie er. Er sein Bier und du deine Cola. Und dann durchgeatmet. Das hätte uns beiden gut getan und mehr als Durst gelöscht. Und wer weiß, wie anders alles gekommen wäre. Und schling die Arme um die Knie, lege das Kinn darauf und vergiss ihn.

Soll er bleiben, wo der Pfeffer wächst!

Schwer zu sagen, wie lange ich an der Theke gestanden habe. Die Blondinen klopften ihren Skat. Der Wirt zapfte mein Flensburger und goss mir Kümmel nach. Warm war mir ums Herz geworden. Erst recht, als mir Nils und Holger vor die Augen traten. Hier, wo ich jetzt stehe, da haben sie ihre Knete versoffen. Hier haben sie ihre Sprüche geklopft. Auch diesen hier, den ich erst später verstand: Auf zwei Beinen stehst du gut, auf dreien noch besser. Und dann stemmten sie das Bier mit ihren Blondinen.

Endlich wieder raus dann, in die untergehende Sonne. Mit schlechtem Gewissen. Dass ich sie nicht wenigstens reingerufen habe. Die Sonne blendete, ich schirmte mich ab mit dem Leitz. Ich, der Idiot! Sie loswerden, das hätte ich früher haben können. Wollte, konnte ich aber nicht. Da war doch was gewesen zwischen uns. Wie wir die Bahnhofsstraße hoch zum Mahnmal gepilgert sind.

Haha!

Mir ist nicht zum Lachen. Ich werde sie suchen. Weit kann sie noch nicht sein. Will nur noch gefunden werden von mir. Noch ist nicht alles zu Ende. Es hatte doch gerade erst angefangen.

Ich sah, wie die Sonne ihn geblendet hat und er die Böschung hochrannte. Er suchte mich. Ich hörte mein Herz und hatte mich nicht getäuscht. Er hat was ausgehalten mit mir. Ist er mein Mann, dieser komische Mensch mit seiner Nickelbrille unter der Stirnglatze? Den Leitz werde ich ihm abgewöhnen. Wehe, er hat wieder zu viel getrunken.

Wo ist sie?

Sie muss hier sein, ganz in der Nähe. Wenn die Sonne nur nicht so blenden würde. Hier oben auf dem Bahndamm, da macht sie mich ganz blind. Aber hier, von hier oben habe ich den besseren Überblick. Ich blicke über das ganze Bahnhofsgelände, links der Friedhof, die halb offene Tür. Dass niemand sie zumacht.

Und da saß sie dann, direkt vor mir im kniehohen Gras, das Gesicht in den Händen, die Hände auf den Knien. Und blickt erst auf, als ich mich neben ihr niederlasse. Vorsichtig! So sitzen wir eine schöne, lange Weile. Nur nicht den Arm um sie legen! Lieber weiter schweigen, zusammen auf die graublauen Schienen schauen. Sie schimmerten in der Abendsonne.

„Schön hier, finden Sie nicht?"

Sie fing von ganz alleine zu sprechen an. Und es war, als spräche sie zu niemandem. Als säße ich nicht mehr neben ihr.

„Ich traute meinen Augen nicht! So wirklich war es. Es zwang mich, immer wieder hinzusehen. Mit anzusehen, was sich da vor meinen Augen abspielte. Und ich glaubte, was ich sah. Anfangs waren es nur so ein paar Personen, dann wurden es mehr und schließlich kamen sie in ganzen Gruppen, in wilden Horden über die Friedhofsmauer gesprungen. Furchtbar Abgemagerte, Ausgemergelte in zerfetzten, grau weißen Kleidern. So stürmten, fielen sie über den Bahnhof her, stürzten hin und rafften sich wieder auf. Trampelten sich unaufhaltsam nieder, nicht aufzuhalten, durch nichts und niemanden mehr.

Keine Gespenster, keine Vogelscheuchen!

Menschen, die mir Angst einjagten. Obwohl sie mich nicht, noch nicht sehen konnten. Ich duckte mich ins Gras, den Kopf zwischen die Knien. So schielte ich zum Bahnhof runter und sah, wie sie den Bahnsteig, die Schienen, den Schalter überschwemmten. Wellenweise! Sich aufbäumten, sekundenlang stillstanden und wie Tiere, wilde Tiere verharrten. Nur, um dann wieder loszurasen, die Schienen auf und wieder ab. Ein Wogen war das, ein einziges, brüllendes Menschenwogen... Ihr Schreien, ihr kreischendes, jammerndes Schreien. Hörst du es denn nicht?"

Und schon hatte ich ihren Ellenbogen in meinen Rippen.

„Hilf mir, so hilf mir doch! Hör hin, hör genau hin. Ich muss sie doch verstehen. Jetzt sind sie endlich gekommen. Und wollen mir was sagen, was sagen wollen sie mir. Aber, hörst du, sie sagen ja gar nichts. Sie dröhnen, dröhnen ja nur. Da ist so ein Dröhnen... ein Dröhnen in meinem Kopf."

Atmete durch und legte ihn mir, beide Hände an den Schläfen, auf die Schulter. Da erst erschrak ich, anstatt mich zu freuen.

„Endlich! Endlich waren sie also doch gekommen. Wenn auch nicht zu mir. Was mir recht ist. Ich kann nicht mehr. Und wenn ich nicht mehr kann, dann zerreißen sie mich."

Hans, immer noch den Kopf mit ihren Händen auf seiner Schulter, ist gelähmt, sieht stur geradeaus. Und tut so, als sähe und höre er, was sie ihn sehen und hören machen will. Und sah doch nichts als einen menschenleeren Bahnhof in der Abendsonne. Und dachte, wenn sie doch endlich aufhören würde – mit ihrem Humbug!

Da nimmt sie ihren Kopf zurück und er spürt, wie sie ihn mustert, so von der Seite. Sodass ihm heiß wird unter den Brenngläsern ihrer Augen.

„Denk, was du willst. Ich weiß, was ich gesehen habe. Und versichere dir: An Gespenster auf Erden glaube ich genauso wenig wie an Engel im Himmel. Wie du ja weißt, inzwischen. Schon vorher, vor der glühenden Kippe auf meinem Handrücken. Aber, meine Zustände. Da haben sich meine Eltern, meine Stiefeltern meine ich, schon richtig Sorgen gemacht. Solche Zustände, die mich abends aus dem Hause trieben. Vor denen ich mich im Schilf versteckte. In dem ich die Nacht durch hockte und träumte bis der Morgen dämmerte. Und ich verheult am Ufer des Sees erwachte. Und nicht mehr wusste, was Traum und was Wirklichkeit gewesen war. Verstehst du?"

Sie wartet es aber gar nicht ab, dass er ihr zu verstehen gibt, dass er sie verstanden hätte. Nicht mal sein Nicken nicht.

„Sie schreien immer noch in meinem Kopf, wenn ich nicht aufpasse. Wenn ich sie nicht in Schach halte, wenn du so willst. Sie grölen so grässlich. Wie soll ich sie da verstehen? Versteh du mich wenigstens!"

„Will ich doch, will ich doch, wenn auch nur dir zuliebe!"

Wie leicht sie hin und her gehen, mittlerweile. Ihre Dus! Das war ja nicht immer so. Und jetzt, jetzt war es gar nicht mehr wegzudenken. Hat es sich eingebürgert zwischen uns beiden. Aber, das Duzen alleine macht es nicht.

„Ich leide weder unter Halluzinationen, noch habe ich mir was eingebildet. Sie haben den Bahnhof gestürmt. Das ist eine Tatsache. Die kann ich bezeugen, beschwören kann ich die." Und legt ihm den Zeige- und den Mittelfinger auf die Lippen, anstatt sie in die Luft zu strecken. „Schweig!"

Hans schweigt still, mucksmäuschenstill. Wie nur als Kind noch, als er sich vor dem Fall einer Stecknadel gefürchtet hatte. Und nach der Hand der Mutter suchte.

„Siehst du, siehst du sie jetzt endlich? Ihre Ohren, ihre rosig schimmernden Ohren? Sieh nur, wie sie diese heißen, rosigen Ohren auf die kalten grauen Schienen pressen. Wie sie die Gleise abhorchen, nach ihrem Zug. Der nicht kommen will. Den sie noch nicht hören. Der sich durch nichts ankündigt, durch kein noch so feines Summen in den Gleisen. Warum denn auch? Kein Zug wird kommen. Und doch schreien sie jetzt wieder so.

„DER ZUG

UNSER ZUG

WANN KOMMT UNSER ZUUUuuuuG..."

Hans hält sich die Ohren zu. Er will sich nicht vollheulen lassen von ihr. Sich Ohren und Augen zugleich zuhalten geht nicht. Weshalb er sie nun auch vor Augen hat, diese Meuten der Ausgemergelten. Die sich immer wieder auf die Schienen werfen und sich mit bloßen Händen die Finger in den schwarzen, scharfen Schottersteinen blutig wühlen. Und Funken aus den Schienen schlagen.

Ihr Mund an der Hand von seinem Ohr, hört er, was sie hört. Wie der Schotter auf den Schienen zerspringt:

SCHIENEN

FREI

PING PING PUNG!

Sie reißt ihm die Hand vom Ohr und beißt ihm da rein.

„Wehe dir, du wirst mir taub. Sag mir, was du vor Augen hast!"

Hans sagt nichts, verbeißt sich den Schmerz im Ohr. Sie macht weiter, ohne Rücksicht auf Verluste! Legt sich beide Hände zu einer Flüstertüte an den Mund.

SCHAFFNER!

WO IST DER SCHAFFNER

DER SCHAFFNER MIT DER GRÜN<u>EN</u> KELLE...

NACH HAUSE NACH HAUSE KOMMEN WOLLEN WIR

Warf sich in das Gras, wo es dann weiterging. Wo sie sich ausheulte. Bis sie wieder Luft holte, tief durch atmete nach ihrem Kampf mit den Phantomen der Cap Arcona. War es nicht das, das Allerunheimlichste an ihr? Diese Mühelosigkeit, mit der sie aus tiefer seelischer Not zurück in die Wirklichkeit kam. Aus dem Wahn, aus dem Sinn.

„Ich war mal wieder nicht bei Trost! Das hast du sicher schon gemerkt. Heute wurde es gefährlich für mich. Nun ist es vorbei. Beruhige dich wieder. Du siehst so mitgenommen aus. Ist ja auch keine Kleinigkeit. Wenn meine 810 über einen herfallen. Hätten sie uns gefunden, sie hätten uns in Stücke gerissen. Mit gefangen, mit gehangen!"

Hans zuckte zusammen und sie befahl: „Dein Taschentuch, bitte!"

Hans zögerte, schämte sich seiner Rotzfahne und zog sie dann doch aus der Hosentasche.

„Nicht so zimperlich, mein Herr!"

6

Im Zimmer mit Seeblick

Hans kam wieder zu sich und sie aus dem Bad. Mit nichts als dem Leitz vor ihrer Lola.

„Ja", sagte sie, knipste die Nachttischlampe an und klatschte sich ihr Feigenblatt auf den Nackten und hatte nun keines mehr. Sie hätte Eva heißen können. Hieß sie ja nicht. Nora? Nein, auch Nora hieß sie nicht.

„Frag' mich", befahl sie.

„Wie du heißt?"

„Nein, was ich im Bad getrieben habe? Mit so einer Schlafmütze wie dir, in einem Einzelbett. Wo sollte ich denn hin? Blieb mir doch gar nichts andres übrig, als mir deine Akten zur Brust zu nehmen."

So hatte er sie nie gehört, noch gesehen. So unbeschwert. Mit Augen grün wie Birkenlaub und Zähnen weiß wie Schnee. Und wie sie lächelte! Reklamereif, für die Firma einer Blendax & Co.

„Nichts Neues in deinem Leitz. Mit Ausnahme eines Fotos. Des Fotos der Salutsalven englischer Soldaten auf dem Bauch der gekenterten Cap Arcona..."

„Dieses Foto gibt es so nicht. Das hast du dir phantasiert. Deine Ehrensalve, die wurde über den am Strand ausgehobenen Massengräbern abgefeuert."

„Das ist ja noch furchtbarer. Die Massenmörder schießen Salut zu Ehren ihrer Opfer?"

„Mörder? War das wirklich niederträchtiger, heimtückischer Mord? So einfach ist das nicht."

„Nein? Heimtückischer geht es wirklich nicht. Fliegen als Befreier an und als Mörder wieder ab. Hinterlassen ein in Brand geschossenes Lazarettschiff. Kein Wunder, dass sie sich nicht entschuldigt haben. Da gibt es nichts zu entschuldigen. Da gibt's nur eins: Anklage und Ermittlung. Die Hintergründe, die Fakten, die Befehle, alles muss auf den Tisch. Sonst gibt es garantiert keine Ruhe vor den Toten."

Wie eine Peitsche, so knallte der Schlag mit dem Leitz auf ihren Nackten. Hans hatte ihn rot vor Augen.

„Wo tagte der zuständige Gerichtshof? Warum ist es, soweit ich weiß, nie zu einer Anklage gekommen? Keine Klage auch nicht von einer der sechzehn betroffenen Nationen! Wo kein Gericht, kein Verbrechen? So ist es, als wäre es nicht geschehen. Als hätten die Toten nie gelebt. Wenn wir so weitermachen, dann sind wir auch bald dran. Sind wir verloren! Wenn Unrecht verjährt, kommt es wieder."

So orakelte sie und feuerte den Leitz unter den Tisch vor dem Fenster. Wo er vor ihr sicher war. Mit seiner soliden Pappe, an allen vier Ecken metallverstärkt.

„Dass mir kalt geworden ist, ist dir wohl ganz egal."

„Komm doch!"

Unschlüssig stand sie vor Hans in seinem Einzelbett. Als ging das nicht mehr. Sich einfach wieder zu ihm legen und so weiter. Und legt sich dann doch.

„Weißt du, was die Küstenbewohner zum Fall der Arcona sagen?"

Hans schüttelte den Kopf.

„Reingelegt haben sie die, die SS die RAF."

Sie mit den Augen an der Zimmerdecke, er mit seinen eher auf ihren Lippen als mit ihren Worten, fühlt er sich zu einer Entgegnung bemüßigt.

„Die britischen Behörden haben sofort nach der Besetzung Neustadts Untersuchungen eingeleitet, um die Umstände der unglücklichen Bombardierung aufzuklären. Erste Ergebnisse ergaben zweifellos, dass es die RAF war, die die Häftlingsflotte in der Lübecker Bucht bombardiert und versenkt hat. Unglücklicherweise, und zwar deshalb, weil die Cap Arcona keine Rotkreuzfahne geflaggt hatte, sie also als solche nicht zu erkennen gewesen wäre..."

„Als solche? Wo sollte so was denn herkommen, so ein großes rotes Kreuz auf einem weißen Tuch? Und warum auch? Was sucht ein rotes Kreuz auf einem Schiff, das versenkt werden soll? Und dann haben sie doch alles gehisst, was zu hissen ihnen möglich war: Graue Bettlaken und Tischdecken!"

Sie hatte also wieder losgelegt, da halfen kein Kuscheln und kein Zwutscheln. Da musste sie ja auf die Schuten kommen, auf die offenen Lastkähne aus Danzig. Die hätten noch weniger zu hissen gehabt. Nur Hemden und Mäntel hätten sie frühmorgens in den Wind gehängt. Nur um dann, aber das wisse er ja, am Strand massakriert zu werden. Hans ließ nicht locker und legte ihr seinen Zeigefinger auf den Mund. Nur um ihn aus ihren Schneidezähnen zu ziehen.

„Hol mir den Leitz!"

Hans erhob sich, suchte und sah ihn, wo sie ihn hingepfeffert hatte. Unterm Tisch vorm Fenster. Hans kroch unter den Tisch und fragte, ob sie den noch nötig hätten. Das würde er schon sehen. Nahm ihm den Leitz aus der Hand, schlug ihn auf, blätterte drin herum und legte den Finger auf ein Foto.

„Dies Bildchen hier, was hat es damit auf sich? Das würde ich gerne noch wissen."

Es handelte sich um eine Frau am Rand des Schwimmbads auf der Cap Arcona. Eine Angestellte, die jahrelang für diese Traumreise gespart hatte und nun sehr glücklich geworden war. Weshalb sie so vergnügt mit beiden Beinen im Wasser gestrampelt hat. Dass es nur so spritzte. Endlich Urlaub!

Traumurlaub auf einem transatlantischen Dampfer. Am Abend trägt sie ein Abendkleid, jetzt aber nur so einen schwarzen Einteiler. Das war die Mode ihrer Zeit, der letzte Schrei der 30er Jahre. Auch für Männer übrigens. Behaarte Männerbrüste für das weibliche, Bauchnabel für das männliche Geschlecht gab es noch nicht zu sehen.

Das waren noch Zeiten!

„1936, mehr sag ich nicht."

„Brauchst du auch nicht!"

„Warum so grimmig?"

„Und das hier? Ist das nicht wieder deine Angestellte in ihrem schwarzen Einteiler? Auf dem Einmeterbrett?"

„Ja, und auf den Spitzen ihrer Zehen, das Kinn auf der Brust, beide Arme in den Himmel. So ist es richtig, das ist die Vorschrift, für einen Kopfsprung. Köpper hieß das mal."

Sie blättert weiter.

Legt hier und da noch den Finger auf ein Foto und gähnt dabei. Eigentlich sind sie alle beide schrecklich müde. Todmüde, wie man so sagt.

„Und das hier", kämpft sie gegen ihre Müdigkeit. „Was ist das für ein Geschreibsel unter diesem Foto."

„Das ist meins. Meine Sauklaue, würden Niels und Holger sagen."

„Nils und Holger, auf die komme ich später noch zurück. Jetzt aber lies erstmal, was da steht."

„In weniger als drei Jahren gehen sie alle baden, steht da."

„Wusste gar nicht, dass du auch zynisch sein kannst."

So quälen sie sich durch den Aktenordner. Wahrlich keine gute Stimmung mehr. Warum eigentlich?

„Stop! Und das hier?"

„Siehst du doch!"

„Ja, sehe ich. Einen vornehmen Speisesaal mit festlichen Kronleuchtern, vornehm, alles sehr vornehm."

„Vornehm geht die Welt zu Grunde, pflegte meine Großmutter zu sagen."

„Lass deine Oma aus dem Spiel!"

„Wieso denn? 1936 war sie Anfang vierzig. Als die Welt sich anschickte, in Flammen aufzugehen."

„Das musst du mir doch nicht sagen!"

„Hinterher sind wir immer klüger. Sind es dann aber doch nicht."

„Lassen das jetzt, bitte. Sag' mir lieber, was das hier ist. Diese prachtvoll geschwungene Freitreppe. Wie kommt die denn in deinen Leitz? Aus dem Ritz oder dem Adlon."

„Weder noch! Es ist die Haupttreppe der Cap Arcona im Jahr 1936. Die am 3. Mai 1945 für reichlich Zugluft aus den engen Fluren zwischen den Kabinen für die Passagiere sorgt, brennend unter ihrem Ansturm zusammengebrochen ist.

7

Mit Else, Nils und Holger

Springt aus dem Bett und schleudert den Leitz dahin, wo Hans ihn her hatte. Unter den Tisch vorm Fenster, das nie geöffnet worden ist in dieser Nacht.

„Jetzt bitte mal was Andres, ja?"

„Endlich", frohlockt Hans.

„Nein, nicht das. „Lass das! Sag mir jetzt lieber, was dich auf dem Friedhof so verrückt gemacht hat. Wie von der Tarantel gestochen bist du rumgesprungen."

Hechtet zurück ins Bett und wartet.

Nach einer Weile.

„Efeu, nichts als Efeu."

„Ausführlicher, bitte."

„Warum denn? Hast doch alles mit angesehen!"

„Ja eben! Warum dein Affentanz?"

Murrt sie, legt ihm aber ihren Kopf auf den Bauch und hält ihm ihre Hand wie eine Pistole unters Kinn. Zeigefinger nach vorne, Daumen nach oben.

„Wegen dem Efeu doch, dem Efeu auf dem Grab!"

„Wessen Grab?"

„Nils und Holgers Grab".

„Ach so, die!"

„Ja die, die haben hier mal gelebt, in unserem Dorf an unsrer See. Bis zum März 1950 könnte es gewesen sein. Als das Eis erst knisterte, dann krachte und doch noch meterdick gewesen war. Wir hatten natürlich trotzdem strenges Eisverbot. Nils und Holger pfiffen drauf. Die mussten da immer wieder rauf, auf das dicke, krachende Eis. Und ich, ich sollte mit."

„Warum denn?"

„Sie wollten mich einfach dabei haben. Schmiere stehen, da draußen vor der Cap Arcona. Während sie drinnen Messinghähne abdrehten und Kupferrohre absägten. Buntmetall! Da gab es Knete für.

Knete, Kleiner! Beschworen sie mich. Aber die hatte ich doch schon. Meine Pinke Pinke, das wöchentliche Taschengeld. Außerdem hatte ich Angst."

„Vor wem, vor Nils und Holger?"

„Nein, vor meinem Vater! Vor seinen Prügeln, Reitpeitsche oder Fischgerte, ließ er mir die Wahl. Für wenn es rausgekommen wäre. Und raus kommt es ja immer. Du kommst mit! Befehl war Befehl, auch von Nils und Holger. Erst übers Eis und dann in die Bahnhofskneipe, mit unserer Knete. Für die Weiber! Wie meine Kumpel die Frauen da nannten. Großspurig, wie sie waren. Und von den Busen ihrer Weiber schwärmten. Erst mit, dann ohne BH. Du wirst schon sehen."

„Zurück zum Efeu, bitte schön!"

„Also gut! Der Kleine, das Hänschen, das ich mal war, das war neugierig. Das wollte Busen sehen. Das fühlte sich gebauchpinselt. Dass seine Kumpel ihm so was zutrauten. Bei so was Gruseligem. Kleine Mutprobe gefällig! Nichts gegen Karl May. Aber, was ist dein Karl May gegen unsre Cap Arcona? Also, kurz und gut. Wenn da nicht die Fischgerte gewesen wäre. Danke, Fischgerte!"

„Und weiter, wie ging das weiter mit Nils und Holger?"

„Es war noch früh, an jenem Sonntagabend im Monat März. Die Hausaufgaben hatte ich leidlich hinter mich gebracht und wollte nur noch mal raus. Frische Luft schnappen. Schlittschuhlaufen! Noch waren die überschwemmten Wiesen zugefroren gleich hinterm Haus. Fehlten nur noch Nils und Holger: Und mit ihnen übers blanke Eis gefegt. Mit beiden Armen durch die Luft gerudert. Tempo, Tempo! Hände auf den Rücken und dann nur so dahingebraust, übers grollende Eis.

Also stürmte ich die noch im Bau befindliche Treppe des Hauses in der Birkenstraße bis zur Haustür von Nils und Holger hoch und drückte auf die Klingel. Kurz, lang, kurz. Unser Signal! Aber, da rührte sich nichts, hinter der dunkelgrün gestrichenen Haustür mit ihrem winzigen, grünen Glasauge. Dem Spion des Hauses! Den ich fürchtete. Der mich so anglotzte, so von oben herab.

Nochmal kurz, lang, kurz. Und noch mal lang!

Die Tür schon aufgerissen wurde, ich noch mit dem Finger auf dem Klingelknopf und mit ins Haus gefallen. Einem Gespenst vor die Füße! Nils Holgers Mutter in einem knöchellangen, schwarzen Kleid, die Augen rot, das Gesicht kalkweiß unter Strähnen langer, aufgelöster Haare. Sie schlug sich erst die Hände vors Gesicht und stieß mich dann zurück. Als wäre ich das Gespenst und nicht sie. Die mir die Haustür so hart vor der Nase zuschlug, dass ich zurücktaumelte, auf dem Treppenabsatz. Der seinerzeit noch kein Geländer hatte. Sodass ich beinahe hintüber in den Vorgarten gestürzt wäre. Wenn ich mich nicht gerade eben noch gefangen hätte. Um die Treppe zwei, drei Stufen auf einmal runterzuspringen und nach Hause zu rennen."

„Hänschen klein, läuft allein!"

„Mach dich ruhig lustig! Meine Mutter weinte weder noch war sie zu Haus. Nur Else, das Kindermädchen, das gerade den schwarzen Hörer des schwarzen Telefons auf dem Tisch im Flur zurück auf die Gabel gelegt hatte. Für dich, sagte sie ungehalten. Das war die Mutter deiner beiden Rabauken.

Die dir ausrichten lässt, dass es ihr leidtäte. Dass sie dich eben gar nicht richtig gesehen hätte. Dich nun aber nie mehr wiedersehen will. Weil ihre Söhne, deine beiden Rüpel, nicht zurückgekommen sind vom Eis.

Musste sofort weinen und wusste nicht genau, warum. Etwas Schreckliches war passiert. Der Schreck ließ nicht nach. Bis Else, das Raubein, mich endlich in die Arme nahm. Was leider nicht so oft vorkam.

Und heulte jetzt erst richtig los. Wie so ein Schlosshund, schimpfte Else. Wie heulen die denn, heulte ich in ihren Armen. Mir war noch keiner über den Weg gelaufen. Else auch nicht, die mir die Tränen abwischte.

Ich liebte Else, musst du wissen."

„Musst du mir doch nicht sagen! Der preußische Knabe liebt erst die Frau Mama und dann das Dienstmädchen für Alles."

„Kinder-, nicht Dienst-! Aber, warum heulte ich? Was wusste ich vom Tod? Der Krieg, in dem ich geboren bin, hatte mir nicht viel erklärt. Ein paar Hühner, ja, die waren mir gestorben. Und mein geliebter Struppi, ein Foxterrier, überfahren, vor meinen Augen. Die Ampel stand auf Rot und schon war Struppi mausetot.

Iss was, befahl Else.

Ich muss nein gesagt oder nur mit dem Kopf geschüttelt haben. Jedenfalls haute Else so hart auf den Küchentisch, dass unsre beiden Teller hochsprangen. Das weiß ich noch. Und Else immer wieder mit dem Zipfel ihrer Küchenschürze vor meinen Augen. Was auch nicht half. Da nahm das Raubein mich wieder in ihre Arme und wiegte mich an ihrem warmen Busen. Als wäre ich ihr Baby. Das half! Zusammen mit dem Lied, das sie mir sang.

Hier hast du es, Elses grimmiges Liedchen.

„Wisch dir die Augen aus

(Notenzeile)

Mit Sandpapier."

(Notenzeile)

So war sie eben, meine ruppige Else."

Ich aber, immer noch mit meinem Kopf auf seinem Bauch, ich wusste es ja. Da kommt noch was! Und richtig, ich brauchte ihn gar nicht lange aufzufordern. Er war so schön in Fahrt. Ich schloss die Augen.

„Mit Else essen war wie Else essen, musst du wissen. In ihrer Küche war es nicht so streng wie im Esszimmer nebenan, hinter der Durchreiche. Wo der Vater regierte, mit seinem Essbenimm. Dem

Sprechverbot für Kinder: Nur, wenn ihr gefragt seid! Und den Löffel gefälligst zum Mund, nicht umgekehrt! Ellbogen vom Tisch! Manchmal allerdings, da zeigte er sich dann doch von seiner lustigen Seite. Da machte er seinen Kindern vor, wie man's nicht macht. Nahm seinen leer gegessenen Teller in beide Hände und leckte ihn ab, mit langer Zunge.

Schläfst du?

In der Küche, musst du nämlich wissen, da wurde auch nicht gebetet. Da kam der Herr Jesu nicht zu Gast. Da waren wir ganz alleine, die Else und ich.

Du schläfst ja doch?"

„Jaha!"

„Du isst wie ein Scheunendrescher, lobte Else. Kein Wunder! Gab es doch sauer eingelegten Hering mit Bratkartoffeln, dazu einen süßen Salat. So einfach ließ sich der Tod vertreiben."

„Zur Sache, Schätzchen!"

„Zu welcher Sache?"

„Da war noch was. Was ganz Andres. Nun komm, erzählt schon. Die Nacht ist noch lang."

„Kommst du noch zum Kuscheln, habe ich die Else dann gefragt. Mit so einer Heulsuse kuschel ich nicht. Auch das Vaterunser erließ sie mir – auch ausnahmsweise – nicht. Das Nachtgebet, vor dem mir graute. Vor meinem Stottern, dem Steckenbleiben mittendrin. An diesem Abend aber, da habe ich mich zusammengerissen und nicht so schlecht gebetet. Wenn auch mit Hintergedanken. Ich wollte Belohnung! Nach so einem Tag. Der es in sich hatte. Intus, wie die Erwachsenen sagten. Ob sie nicht doch nochmal ganz kurz nur, ich meine, zum Kuscheln… ich… Nein, heute Abend geht es nun wirklich nicht. Schlaf gut und Licht aus!

Da wurde es so still im ganzen Haus, dass ich mein Herz schlagen hörte. Nils und Holger geisterten um mich herum. Und mein Herz wie ganz verrückt. Und kein Laut aus der Küche. So horchte ich ins dunkle Haus. So lange, bis ich endlich doch was hörte. Was war denn das? Das war doch nicht die Küchentür? Doch, doch, so knarrt die Küchentür. Das ist die Else, denk ich. Die geht noch mal vors Haus. Und lässt ihr Hänschen ganz allein zu Haus. Denk ich und war es nicht. Da war noch wer. Schon quietschte wieder was. Und nicht mehr aus der Küche, wohl aber im Wohnzimmer. Aha! Das war das grüne Sofa. Das kenne ich gut. Da quietschten und ächzten die Sprungfedern unseres Sofas im Salon. Auf dem ich immer so gerne rumgehopst bin. Mein erstes Trampolin, wenn du so willst.

Aber, das grüne Sofa, das war es nicht allein. Da quietschte, machte noch was andres, was ganz andres machte da noch mit. Das konnte nichts andres als die Stimme der Else sein. Else, was seufzt und jammerst du mir da? Und bist mir nicht allein, bist mir zu zweien. Da stöhnt mir noch wer mit. Das könnten glatt die Bremer Stadtmusikanten sein. Mozarts kleine Nachtmusik war es jedenfalls nicht.

Hörst du mir noch zu?"

„Und wie! Weiter, mach nur so weiter, lieber Hans!"

„Da konnte ich nicht anders und stieg die steile, dunkle Treppe runter bis vors Wohnzimmer. Wo ich mir die Nase am rubbligen Milchglas plattdrückte. Und nichts sah und alles hörte.

ELSE, schreie ich. Stirb mir nicht!

Die Else aber die dachte gar nicht dran, zu Sterben. Wenn sie überhaupt was gedacht hatte. Als sie mir das Milchglas von der Nase riss und ich nun schon zum zweiten Mal einer Frau vor die Füße fiel. Sie aber, meine fast nackichte, so nie gesehene Else, über mich hinwegsprang und die steile Treppe hochstürmte. Mit nichts als zwei langen, schwarzen Strapsen an den Hüften. Keinen Blick zum grünen Sofa wage ich. Nur Augen für Elses weißen Hintern habe ich. Ihm nach die steile, dunkle Treppe hoch, sehe ich Else, wie sie im Bad das Licht andreht – und sich umsieht nach mir. Und nicht bedenkt in ihrem Schreck, was sie meinen Augen schenkt."

„Meinst du den Schnurrbart da unter meinem Bauch?"

8

Mit Onkel Alfried

„Deinen Schnurrbart?", frage ich zurück.

Als hätte ich ihn soeben zum ersten Mal gesehen. Sie nickt nur mit dem Kopf, stützt sich auf den Ellenbogen und verkündete, dass sie jetzt dran wäre mit dem Erzählen. Mit einer kurzen, schnurrigen Geschichte, aus ihrer Kindheit an unserer Küste. Knipst die Nachttischlampe wieder an und rückt leider wieder etwas ab von mir. So gut das geht, auf unsrer schmalen Pritsche.

„Alfried hieß unser Nachbar", fing sie an. „Der lebte einst in seinem Häuschen nicht weit vom Steg am Ufer des Hemmelsdorfer Sees, gleich hinterm Ostseestrand. Ein See, sage ich dir, so tief, dass die Nazis ihn beinahe zu einem U-Boothafen ausgebaut hätten. Heute verbindet eine schmale Schleuse ihn mit der See. Mit ihrem kleinen, idyllischen Fischerhafen. Wo du dir heute noch den Fisch vom Kutter frisch auf den Tisch kaufen kannst. Immer ein netter Kerl gewesen, dieser Alfried.

Ein Maurergeselle, der am Feierabend seine Packung Overstolz rauchte und Bierflaschen leerte, mit und ohne seine Kumpel. Eines schönen Sommerabends aber, da sitzt er ganz allein vor seiner Hütte. Sieht mich Seilspringen und ruft: „Püppi, komm doch mal rüber. Ich zeig dir was." Was er dann ja auch tat, ahnte ja nichts. Fürchtete mich auch vor bösen Onkels nicht. Da nahm der Onkel Alfried mich an seine Hand und fragte, ob ich wohl wüsste, wie die Engel im Himmel singen.

Engel, bockte ich. Engel gibt es auch im Himmel nicht! „Wirst schon sehen", grinste der gute Onkel Alfried. Und dann sah ich ja auch, was er mir zeigen wollte. Nachdem er sich meine Hände von hinten vor seinem Bauch gefaltet hatte. Und beinahe gegrunzt hätte dabei, wie schön ich ihm es machte. Die ich die glühende Kippe im Winkel seines Munds nicht sah.

Und jetzt die Engel, ja?

Ich hörte, strengte mich an. Man weiß ja nie! Still und stiller wurde es um uns. Ich hörte, horchte, lauschte, so gut ich konnte. Bis es zischte auf dem Rücken meiner Hand. Die ich ihm wegriss vor seinem Bauch und schrie und schrie erst recht, als ich das kleine, brandrote Loch in der Haut meines Handrückens sah. Und hoch sah zu Alfried, wie er heftig an seiner Kippe sog."

Und, als müsste sie mir nun die Wahrheit ihrer kleinen Gutenachtgeschichte auch noch beweisen, zeigt sie mir die winzige, kaum noch sichtbare Narbe. Da konnte ich nicht anders und legte meine Lippen drauf. Worauf sie ihre Hand so hastig zurückzog, als hätte sie sich verbrannt.

9

Wie kam, was kam

Was sollte das denn nun wieder?

Küss die Hand, Madame was?

Wie albern er sein kann!

Jedenfalls ließen wir uns jetzt erst mal schön viel Zeit, um den bösen Onkel zu verscheuchen. Bis ich die Nachttischlampe ausknipste. Ich schlafe nicht gern bei brennendem Licht. Er aber, er knipste es gleich wieder an, stand auf, blickte sich um und entdeckte, was er suchte. Den Leitz unterm Tisch vorm Fenster. Weiß auch nicht, wie er da wieder hingefunden hatte. Und nun von Hans, ganz lässig, so mit dem Fuß, mit dem großen Zeh wieder hervorgefischt wurde. Und ich es nun war, die ihn nicht mehr wollte. Ob wir nicht langsam auch auskämen ohne ihn. Da sah er mich an, als hätte ich ihn bei was ertappt, stieß den Leitz wieder unter den Tisch zurück und legte sich zu mir. Sicher dachte er, ich wüsste, was ich von ihm wollte.

Da irrte er sich.

„Erzählen sollst du, erst mal wenigstens!"

Und dann tat er zunächst so, als wüsste er nicht mehr, was er mir vorlesen wollte und nun frei erzählen sollte. Ganz schön komisch, seine Aktenabhängigkeit.

„Tu doch nicht so", rammte ich ihm meinen Ellenbogen ganz leicht nur in die Rippen. Zur Ermunterung! Da fiel sie ihm prompt wieder ein. Ach so, ja, die Geschichte von dem jungen Franzosen, der das große Glück gehabt hatte, schon mit sechzehn Jahren auf der Cap Arcona, der Königin des Südatlantik, zu seinen Eltern nach Rio de Janeiro reisen zu dürfen. Damals, als der Krieg schon in der Luft lag und vorerst nur in der Türkei stattfand. Weit hinten in der Türkei, sagte er. Vielleicht nur, um seine Anekdote mit Goethe zu schmücken.

Oder um mich mit dem maritimen Reisen seiner Zeit, der Zeit einer nur scheinbar sorglosen, transatlantischen Gesellschaft bekannt zu machen. Auch mit anderen Berühmtheiten, wie der zu ihrer Zeit sehr beliebten Schauspielerin Grete Weiser zum Beispiel oder dem heute hoch verehrten Schauspieler Gustav Gründgens. Weltberühmt für seinen Mephisto! Oder jene millionenschwere Südamerikanerin, deren Namen ihm leider nicht mehr einfallen wollte. Die um der täglich frisch benötigten Eier mit einem Stall voll Hühnern den Süd-Atlantik überquerte. Auch eine Milchkuh musste mit! Eigentlich nur eine Frage nach dem Melker? Welcher Steward würde sie zu melken wissen? Und ein Hundezüchter war es, der sich auf dem Weg nach Europa nicht von seinen vierzehn reinrassigen Hunden trennen wollte. Wahrscheinlich hatte er nur Angst, alleine zu reisen.

Und abends, da soll das ganze Schiff im Rhythmus von Foxtrott, Tango und Rumba gestampft haben. Da swingten sie unter dem hohen Zelt der Sterne der südlichen Hemisphäre. Die Damen in Cocktailkleidern, die Herren in Smokings oder Uniformen. Badeärzte, Schwimmlehrer und Masseure standen einer reichlich verwöhnten Herrschaft zu Diensten. Nicht so denen in der dritten Klasse. Und der Zahlmeister, der konnte sich wirklich sehen lassen. Mit seinem Faible für den deutschen Frühschoppen an Bord der Cap Arcona. Vorbehalten heimatseligen, älteren Herren, die sich in jenem Raum trafen, der eigentlich für die Ablage von Leichen reserviert war. Die gottseidank nicht so häufig anfielen. So waren sie meistens ganz unter sich.

Hans atmete durch und wollte erst mal nicht weiter. Machte eine Kunstpause, wie vor einem Clou. Und vergewisserte sich, dass ich nicht doch noch eingeschlafen war.

„Doch, doch! Ich höre alles!"

Also gut, nahm Hans jetzt seinen Faden – nur scheinbar widerwillig – wieder auf und gab die Geschichte eines heute kaum noch bekannten Mannes zum Besten. Des Dichters der Lilly Marleen! Leip mit Nach-, Hans mit Vornamen. „Mein Namensvetter, wenn du so willst. Der sich die Cap Arcona für seine Hochzeitsreise ausgesucht hatte. Auf der er das Dichten nicht lassen konnte."

Hans machte erneut so eine künstliche Pause, schielte dabei aber wieder nach dem Leitz unterm Fenster. Da küsste ich ihn so zart, wie ich mir küssende Musen vorstelle. Bitte nicht vorlesen, hieß das. Es dauerte etwas, bis er sich die folgende Strophe des seiner Frau gewidmete Hochzeitsliedes erinnert hatte.

Und du und ich, hier oben auf den Wellen.

Dem Himmel nahe, fast näher als jedem Grund,

Der, kilometertief, schwer vorzustellen,

Abseits allem liegt, was hübsch ist und gesund.

„Was sagst du dazu?"

Was sollte ich dazu sagen? Wenn Lachen irgendwie doch nicht angesagt war. Hellseherische, unheilschwangere Gelegenheitsdichtung? Immerhin könnte hier angefangen haben, was auch zwischen ihm und mir nicht so gut enden sollte.

Vielleicht hatte ich Hans zu lange auf die erotische Folter gespannt. Und nicht so recht auf seine männliche Gemütslage geachtet. Kannte ich ihn doch kaum. Was ist schon ein gemeinsamer Nachmittag, eine angebrochene Nacht? Und erzählen, das wissen wir ja, baut Stress eher auf als ab. Und dann küsste ich ihn auch noch, mitten auf den Mund. Was er prompt missverstand. Als wollte ich ihm den Mund verschließen bis auf Weiteres. Dabei wollte ich ihn nur schon mal belohnen. Im Voraus gewissermaßen, damit er weitermacht. Und mir die Geschichte des jungen Franzosen in Südamerika zu Ende erzählt. Die schwebte ja noch im Raum unseres Zimmers mit Seeblick. Die wir übrigens von dort aus nie zu Gesicht bekommen haben. Der junge Mann aus Frankreich aber, der interessierte mich. Was Hans nicht ganz verstand. Schwingt sich einer in die Lüfte und macht schon mit Sechzehn seinen Pilotenschein. Das war nun wirklich nicht sein Ding. Und das in Südamerika! Das wäre was für mich gewesen. Dachte ich noch, wusste aber noch nicht, wie die Geschichte ausging.

Hans blieb verstimmt, und ich wurde gereizt.

Warum, frage ich mich heute noch. Was hatte sich da zusammengebraut? Zuviel Arcona und zu wenig Amore? Oder umgekehrt? Oder was?

Ich weiß noch, wie wir uns plötzlich angesehen haben. Ganz ruhig, nüchtern wieder Auge in Auge! Bis uns alles vor Augen verschwamm. Und wir uns plötzlich ganz fremd waren, zu zweit in einem Einzelbett. Natürlich hätten wir das vorhersehen können. Nach so viel Sex in wenigen Stunden. Da fallen einem dann die Schuppen von den Augen. Wenn man sich nicht tiefer verstanden hat.

Hans hat mir dann noch eine Grimasse geschnitten und nach dem Faden seiner Geschichte gesucht. Ach so, ja. Dieser junge Franzmann. Auf den er doch auch neidisch war. Weil der schon mit Sechzehn seinen Pilotenschein in der Tasche hatte. Und das im Jahr 1941 . Im Jahr meiner Geburt, fügte Hans wie beiläufig hinzu. Womit er mir sein Alter verraten hatte. Viel älter als ich, war er nicht.

Jener junge Franzose aber, der mit seiner frühreifen Leidenschaft fürs Fliegen nach Brasilien ausgewandert war. Der kam sehr bald wieder zurück und ging in die Resistance. Indem er mit der Royal Air Force gegen Hitler flog und somit Frankreichs größter, bis heute unvergessener Kampfflieger wurde. Weil er immer wieder runtergekommen ist vom Himmel seiner Duelle. Ein Held des 20. Jahrhunderts

„Glück muss der Mensch haben", kommentierte ich nicht ohne Neid.

„Glück?"

„Können muss er was", ergrimmten Hans und ich unser Stimmungsbarometer im Sinkflug. Auch am dritten Mai 1945 soll Frankreichs Held der Lüfte wie immer nicht abgeschossen worden sein. Wollte dann allerdings, und bis heute nicht mehr, so recht gewusst haben, was genau er an eben diesem Tag hoch über Schleswig Holstein angerichtet hatte. Die Insel Fehmarn wollte er angeflogen haben. Diese Insel liegt ein wenige Dutzend Kilometer nördlich, das wäre noch nachzumessen, ausgangs der Neustädter in der Lübecker Bucht.

Hans kam ins Stottern.

Warum denn?

Weil, wie er mir erklärte, bis heute nicht geklärt ist, ob der kürzlich verstorbene Kampffliegers mit unter denen war, die die Cap Arcona bombardierten und unter anderem über tausend Franzosen, seine Landsmänner und Frauen und Kinder beschossen haben. Der Krieg wäre so schrecklich gewesen, dass er sich lieber nicht mehr so genau erinnern könne. Habe er einem namentlich bekannten Journalisten aus Deutschland telefonisch mitgeteilt. Für ein Interview hatte er keine Zeit seiner Zeit.

„Kannst du mir ruhig glauben. Ist alles dokumentiert. Liegt alles in meinem Leitz da unterm Fenster." Und schlug mit der Faust in unser Bett bzw. auf unsere Decke.

„Also doch kein Glück, eher Unglück", kommentierte ich und fragte mich, warum Hans sich darüber hinaus so aufregte.

„Das wäre dann das kleine im großen Rätsel des 20. Jahrhunderts."

Darauf wusste ich nichts mehr zu sagen, habe die Nachttischlampe ausgeknipst und mir seine Faust unter die Decke geholt. Wo er sie langsam aufmachte.

„Du hast was nicht richtig verstanden!"

„Richtig, was wäre das für dich?"

„Dass so was immer wieder passieren kann."

„Was so was?"

„Dass wir im Glauben an das Richtige das Falsche tun. In was für einem Kollektiv auch immer. In einem französischen, englischen oder deutschen Kollektiv. Hitler und Stalin haben wir ja nun schon hinter uns. Aber, was kommt dann? Für das Kollektiv der mehr oder weniger guten Steuerzahler, mitverantwortlich für Waffenschiebereien und Kriegsanzettelein demokratisch gewählter Regierungen. Was wird aus uns kommen, die wir zwar nicht töten wollen, es aber, strukturell gesehen, schon länger tun. Wer sich heute für unschuldig hält, ist es nicht mehr."

Er spielte an auf die berüchtigte, immer wieder verdrängte These von der strukturellen Gewalt. Und weil es schon weit nach Mitternacht war, wollte ich da nicht mehr mitmachen. Auch hätte ich es gern genauer gehabt. Wie und unter welchen konkreten Umständen ich zum Beispiel mit töte. Nur weil die Präsidenten, Kanzler und Minister unserer parlamentarischen Regierungen zu Komplizen afrikanischer Diktatoren und Massenmörder geworden sind?

„Ohne Waffen geht es heute eben nicht", versuchte ich Hans zu beschwichtigen und kroch ihm auf den Bauch. Um leichter einzuschlafen. Was leider nicht mehr klappte. Wir kamen nicht mehr los von der Cap Arcona. Sie brachte uns auseinander. Daher dann die schlechte Stimmung, überreizt wie wir gewesen sein müssen.

Singen, dachte ich noch. Jetzt hilft nur noch singen. Und trällerte das Liedchen vom Massenmörder in Hannover leise vor mich hin. Was keine besonders gute Wahl gewesen ist.

Warte, warte nur ein Weilchen, gleich kommt Haarmann auch zu dir

(Noten?)

Und mit seinem Hackebeilchen, macht er Hackefleisch aus dir.

Und, wenn Hans mir nicht hier schon, wenngleich nur ganz leicht und spielerisch, mit seinem Handrücken auf den Mund geschlagen hätte, dann hätte ich mein Liedchen auch noch ganz zu Ende gesungen.

„Lass das", knurrte er.

Er hatte ja Recht, ich war gar zu scheußlich.

Unwahr war es gleichwohl nicht.

„Was hast du denn sonst noch auf Lager?", fragte ich ihn versöhnlich und nahm seine Hand sehr sanft von meiner linken Brust. Wie gerne ich eingeschlafen wäre, möglichst in seinen Armen. Aber an Schlaf war nun wirklich nicht mehr zu denken. Hellwach wie wir wieder waren. Da fragte ich ihn dann, vielleicht etwas zu frei heraus. Ob wir nicht, anstatt zu reden, nicht lieber noch mal miteinander schlafen könnten. Vernünftigerweise, wie ich fand.

„Nein", sagt er so hart, dass erst ich und dann auch er erschrak.

„Jedenfalls nicht, bevor ich dir die Geschichte des Kapitäns erzählt habe, der als einziger hinter Gitter kam."

„Also gut", maulte ich.

„Unsre letzte Gutenachtgeschichte?", fragte ich sicherheitshalber und kuschelte schon mal. Und dachte und hoffte: Das hätte schiefgehen können. Nun aber wird, wenn schon nicht alles wieder glimpflich ausgehen, so doch...

„Versprochen!"

„Hand aufs Herz?"

Da legte er mir wieder seine Hand auf mein, statt auf sein Herz. Da glaubte ich ihm und er, er erzählte mir die Geschichte jenes bereits flüchtig erwähnten, tüchtigen Seemanns aus gutem, alten Schrot und Korn. Der fünf Tage vor dem Frieden das Leid und den Tod von Tausenden von gefangenen Menschen auf seiner Cap Arcona vorausgeahnt hatte und mindern wollte. Bis zur Befehlsverweigerung! Des Befehls der SS, immer noch mehr verhungernde und verdurstende Gefangene auf sein vollkommen überladenes Schiff zu verfrachten. Worauf die SS drohte, ihn auf der Stelle standrechtlich zu erschießen. Natürlich musste unser Kapitän sofort an seine Frau und die zwei Kinder zu Hause denken.

Es galt sein Leben vor dem Tod!

Kaum aber fanden erst die Spreng- und dann die Brandbomben, so ab halb drei Uhr nachmittags, ihre Ziele auf der Cap Arcona, schon entfachten sie ihr genau kalkuliertes Inferno. Erst die Breschen, dann die Flammen! Die über denen zusammenschlugen, die es noch nicht zerrissen hatte. Was blieb unserem Kapitän und Schiffsführer da noch groß zu tun? In diesem höllischen Chaos aus Blut und Wahn.

Da war sich doch jeder selbst der nächste. Da griff der Kapitän sich seine Machete. Jene Machete, die er zur Erinnerung an seine letzte Fahrt nach Rio de Janeiro und seinen letzten Ausflug in den brasilianischen Urwald an die Wand seiner Kapitänskabine gehängt hatte. Wie griffig sie in seiner Hand lag! Wo sie ihm einen besten Dienst leistete. Das gute, alte Stück! Mit dem er sich durchschlug durch die Menschen in ihrer Todesangst. Natürlich war das nicht mehr der brasilianische Urwald! Etwas anders war das schon. Zum Beispiel die breite Blutspur, die er hinter sich ließ. Mitten hindurch durch all die Gefangenen, die auch noch nicht sterben wollten. Die, wie ihr Kapitän, in das letzte noch seetüchtige Rettungsboot wollten. Das die Kugeln der Bordwaffen der Bomber noch nicht durchlöchert hatten. Wie sich die wenigen, die dann durch bis an den Strand kamen, keine Dreihundert von Siebentausend, auch heute noch sehr genau erinnern."

Dies alles in einem Atemzug erzählt und zum Schluss nur noch in die Beuge meines Halses geflüstert, wartete ich ab, bis Hans sich wieder beruhigt hatte. Vielleicht hätte ich ihm mehr Zeit lassen sollen. Dann hätten wir uns wieder, sagen wir ruhig, vereint. So aber sann ich sofort über einen ganz bestimmten Unterton nach, der in seiner Geschichte mitschwang. Es war der Ton der Selbstgerechtigkeit, eines sich ebenso selbstgewissen wie schaudernden Abwendens. Das hilft ja nicht. Wie hätte ich reagiert, in ähnlicher Situation?

„Du nicht auch?"

„Was denn, ich auch?"

„Du gehst auch über Leichen, wenn es sein muss."

Pause! Unvergessliche, unerträglich lange Pause im Zimmer mit Seeblick.

„Ich meine ja nur. Wenn es um dein Leben geht!"

Das war es wohl, was ich glaubte, ihm auf den Kopf zu sagen zu müssen. Und noch nicht ahnte, wie sehr ich ihm vor den Kopf geschlagen hatte. Was ich nicht gewollt habe. Und doch hatte es ihn getroffen, tiefer getroffen. Ich wollte ihm doch nichts unterschieben! Und Mordlust schon gar nicht. Ich wollte nur mal so eine Frage gestellt haben. Die ich mir besser aufgehoben hätte. Für morgen, Montagmorgen oder besser noch Abend. Nach der Holsteinischen Schweiz.

„Ich? Ich mit einer blutriefenden Machete in der Hand? Bist du denn ganz verrückt geworden? Wieso denn ich?"

„Ja, warum nicht auch du? Warum sollte nicht auch ein Hans zum Henker werden?"

„Ich doch nicht, aber du!"

„Ich? Wie kommst du denn da drauf. Ich bin eine Frau und weil ich eine Frau und kein Mann bin, deshalb!"

Da schlug er zu.

Hart und wie schon einmal, nur härter noch mit dem Rücken seiner Hand auf meinen Mund. Dass mir die Lippe aufsprang auf. Ich leckte mein Blut und schmeckte das Salz. Wie vom Schlag getroffen.

Buchstäblich! Blut lief mir übers Kinn den Hals runter. Ich wischte es ab, was auch nicht half. Hans mit offenem Mund und dem Blut im Gesicht. Wohin er es abgewischt hatte. Ohne es zu wissen. Meine Schneidezähne! Ihr Abdruck auf seinem Handrücken gab immer mehr Blut frei.

Mir schlug das Herz zum Halse. Und ehe ich mich versah, hatte ich meinen Arm mit der Hand schon hochgerissen und ausgeholt und mitten ins Gesicht. Und kein Donner und doch wie berührt von einem. Wir beide wie was, wie vom Donner gerührt.

Wie wir uns ansahen, staunend erstarrt und voller Unglauben.

Nicht schweigen, schreien hätten wir sollen. Dann wären wir noch zu Wort gekommen. Kamen wir aber nicht mehr. Stumm wischten wir in unserem Blut herum. Unsere Gesichter hätte ich nicht sehen wollen. Ich ab ins Bad, den Kopf übers Becken. Er hinterher, mir den Kopf zu halten. Kotzen war gar nicht.

Als ich wieder ins Zimmer kam, fühlte ich, was ich war. Nur noch nackter als die Nacht davor. Hans schon wieder im Bett die Decke mit beiden Händen hoch bis ans Kinn. Hans, ach du mein liebes Hänschen, du. Dachte ich noch. Du kannst doch nichts dafür. Und es muss ja auch nicht gleich so eine Machete sein.

Meine Wut war so verraucht wie sie aufgeflammt war. Komisch war das. Aber, nun wusste ich nicht mehr weiter. Wohin jetzt. Zu Hans ins Bett? Das ging jetzt nicht. Da griff ich mir Schuhe und Kleid und stürzte aus dem Zimmer. Wobei ich die Fenstertür leider so heftig hinter mir zugeschmissen habe, dass die ganze Scheibe in tausend Scherben zersprang. Das hörte ich nur.

10

Am Hemmelsdorfer See

Schlaftrunken strecke ich meine Hand aus nach ihr. Und stelle fest: Ich habe Blut im Bett. Schlagartig habe ich alles vor Augen. Ein kühler Wind weht von der See durch die Tür herein. Durch die Tür? Ja, durch diese Fenstertür. Messerscharfe Scherbe in der Sonne im Kitt für das Glas im Fensterrahmen. Splitter bis vors Bett. Gar nicht so einfach, barfuß ins Badezimmer zu gehen. Ohne mir den großen oder den kleinen Zeh aufzuschneiden. Der Abdruck ihrer Zähne auf meinem Handrücken ist blutverkrustet.

Das alles nehme ich natürlich auf meine Rechnung.

Der Sachschaden, die Reinigung und was sonst noch zu regeln ist. Alles nicht so schlimm. Nur dass sie jetzt nicht da war, das war wirklich schlimm. Kotzen hätte ich können.

Ihre Zähne hatten meine Hand nicht so tief erwischt, wie es gestern ausgesehen hatte. Die Wunde wird sich schließen. Meine Haut heilt rasch. Ich habe Gänsehaut und schüttele mich. Es zieht wie Hechtsuppe vom Strand her. Wohin sie gestern abgehauen ist. Warum kommst du nicht zurück, frage ich laut ins Zimmer. Sind doch nur ausgerastet, wir beide gestern? Heute ist heute! Vertragen wir uns wieder. Mein Handrücken gegen deine Oberlippe. Wir haben doch noch mehr am Körper. Wir schaffen das schon. Wir haben doch schon ganz andres durchgemacht.

War da nicht, wie plötzlich auch immer, Verstehen, Vertrauen und vielleicht sogar warum nicht auch Liebe zwischen uns? Nicht gerade auf den ersten, wohl auf den zweiten oder auf den dritten Blick?

Da erst sah ich ihren Zettel, unter die Nachttischlampe geklemmt. Dann war sie also doch noch einmal zurückgekommen. Und hat mich nicht aufgeweckt. Und dann einfach weg, weg für immer? Oder was!

Keine Nachforschung, bitte.

Und nimm es nicht so tragisch!

Mehr stand da nicht!

Natürlich ignorierte ich ihr Nachforschungsverbot. Und machte mich sofort, wenn auch mit weichen Knien auf den Weg ins Fremdenverkehrsamt im Rathaus. Wo ihre Kollegen und Kolleginnen mich am liebsten gleich wieder rausgeworfen hätten. Kaum war ihnen dieser heruntergekommene, bleichsüchtige Typ unter die Augen getreten. Ohne seine rechte Hand aus der Hosentasche zu nehmen. Mit so einem Typen also! Mit so einer kotzbleichen Stirnglatze hatte sie's heute Nacht. Kein Wunder, dass sie da heute nicht zur Arbeit kommt. Sie hat ja keine Kuhhaut. Saukerl! Der jetzt auch noch wissen will, wo sie wohnt. Von wegen! Das werden wir ihm nicht auch noch auf die schiefe Nase binden.

Die Hand immer noch vorsorglich in meiner Hosentasche, verließ ich diesen feindlichen Laden. Wie, wenn ich sie dort angetroffen hätte? Da hätten wir uns weder aussprechen, noch alles wieder einrenken können. Mit ihr zurück ins Seeschloss wäre das Schönste. Ging ja nun nicht mehr. Nur wegen was, wegen so einer – naja, eine Lappalie war das leider nicht. Sagen wir eine Fehlleistung.

Einfach abzuhauen!

Aus den Augen, aus dem Sinn? Nichts als ein One-Night-Stand? Hat nicht geklappt zum Schluss. War nicht wie vorgesehen gelaufen. Da ist was schiefgegangen. Weil mir meine Hand ausgerutscht ist. Kommt doch in besten Ehen vor. Kopf hoch, gehe ich also noch mal die Bahnhofstraße hoch. Zum Abgewöhnen, gewissermaßen. Auf unseren Spuren! Fehlt nur noch, dass ich erröte.

Wer wird denn weinen, wenn man auseinander geht.

(Noten!)

Wenn an der nächsten Ecke schon 'ne Andre steht.

(Noten!)

Vor dem Bahnhof stand das Taxi, wie von ihr für mich bestellt.

„Wohin, der Herr?"

„Nach Hemmelsdorf, bitte!"

„Kleiner Ausflug ins Hinterland, der Herr?"

Halt die Klappe!

Je länger ich über uns nachdachte, desto elender wurde mir auf der raschen Fahrt die Bahnhofstraße wieder runter. Auf unsrer Reise rückwärts: Der Bahndamm, die Kneipe, der Friedhof, die alte Schule, der Kur-Teich, das Strandcafé und das Zimmer mit Seeblick, in dem es mich nicht gehalten hatte. Kein Durchatmen und Hinaussehen auf die See. Für die wir ja auch später nicht viel übrig hatten. Wo nur hatten wir unsere Augen? Unsere von der Arcona verdrehten Augen. Bis sie durchdrehten!

Mir wird schwindelig. Der Fahrer fixiert mich im Rückspiegel. Hat Angst, dass ich ihm seine Taxe vollkotze.

„Nach Hemmelsdorf am Hemmelsdorfer See, nicht wahr?"

Wohin denn sonst, nicke ich und frage mich dann erst, warum dahin? Was suche ich an diesem See?

„Hemmelsdorf ist nämlich meine Heimat, müssen Sie wissen."

Muss ich das?

Wieso muss ich das wissen müssen?

Habe ich mir ein Taxi oder eine Schwatzblase gemietet?

Wenn ich beide Hände jetzt nicht endlich runter genommen hätte vor meinem Gesicht, dann hätte die Schwatzblase den kaputten Handrücken doch noch entdeckt. Und mich drauf angesprochen: Was haben Sie denn da, an ihrer Hand, mein Herr. Und schon wäre es losgerast, wie so ein Lauffeuer: Der Kurgast vom Seeschloss hat was an der Hand! Erst verwüstet er sein Zimmer, und dann hat er was an der Hand. Wo hat er denn seine Hand gehabt? Seine blutverkrustete Hand.

„Wenn ich mal was fragen dürfte."

Nein, darfst du nicht.

„Sie sind wohl nicht von hier."

Wenn du wüsstest!

Die Schwatzblase gibt Gas, schaltet in den vierten Gang und fährt wie der Teufel. Mit einem ver-ärgerten Fahrgast in seinem Rückspiegel. Was ist so sehenswert an diesem Mann? Doch nur das Üb-liche an einem Montagmorgen. Da hat einer mal wieder über den Zapfen gehauen.

Erst macht sie mich verrückt, dann haut sie auch noch ab.

Lass sie laufen, alter Junge!

Loslassen sollst du sie.

Aber wie denn, wo wir doch gerade erst angefangen haben. Unvernünftig unvergesslich angefan-gen. So was kann doch nicht vorbei sein.

„Noch schneller, mein Herr?"

„Bitte nicht, wenn es Ihnen Recht ist, mein Herr!"

„Alles ist möglich! Und kurbeln Sie sich ruhig das Fenster runter. Das wird Ihnen gut tun! Unsere Luft hier an der See, das Salz und das Jod."

Geht runter vom Gas.

„Wissen Sie noch, wie das früher mal war? Wenn wir Kinder den Kopf aus dem Fenster von Vaters erstem Nachkriegskasten steckten? Nein, nicht mehr? Meiner hatte einen Volkswagen, noch mit ge-teilter Heckscheibe.

Ganz runter, bitte!

Kurbeln Sie die Scheibe ruhig ganz herunter, mein Herr. Und atmen Sie durch, ganz tief ein und ganz tief wieder aus. So ist's gut! Sehen Sie, das ist sie. So fühlt sie sich an, in Ihrer Lunge. Die Leute kommen schließlich nicht umsonst aus aller Welt.

Gleich sind wir da, mein Herr!"

Ruhig lag der See.

Und doch schwankte der schmale Steg. Leider kein Geländer, an dem ich mich hätte festhalten können. Tausend Schilfhalme flatterten leicht in einem Wind. Wiegten, betörten mich. Bin anfällig für so was, so was Flattriges. Schon schrecke ich auf und bleibe stehen, auf dem schmalen, schwankenden Steg. Da fährt mir was in meine Knochen. Was denn, was war denn das nun wieder? Das war eine Wildente, alter Junge.

Wie, wenn ich jetzt immer weiter ginge? Über den Steg hinausginge.

Dann könntest du ihr keine schöne Ansichtskarte mehr in ihren Fremdenverkehrsverein schicken. Das hast du dir doch vorgenommen. Bevor du abreist. Eine Karte mit dem Anblick dieses schmalen, schwankenden Stegs im stillen Wasser. Und dann das kleine Kreuz: Hier habe ich gestanden und nach dir gesucht! Wieder so eine Albernheit. Du kannst es eben nicht lassen.

Welle unten, Welle oben!

Aber, immer noch in diesen Anblick vertieft. Über den lehmgelben Uferstrand nach weiter hinten bis zur halb schon verfallenen, strohgedeckten Fischerhütte dahin geglitten. Alfrieds Hütte! Dahinter dann die roten Dächer der Neubauten, vor einem grünen Wald. Ist wirklich alles drauf und dran auf dieser Ansichtskarte. Fehlt nur diese eine Frau, die Frau vom Strand. Strandgut, wie ich.

Keine Nachforschungen, bitte? Dass ich nicht lache! Wie soll das denn gehen?

Du drehtest dich jetzt einfach um, hier am Ende des Stegs. Gehst nicht drüber hinaus. So einfach ist das! Das Taxi wartet auf dich, mit laufendem Motor. Und die Enten, die lässt du weiter gründeln in ihrer grünen Grütze. Summtest schon wieder, summst, was du als Kind gesungen hast.

Lächerlich, ganz lächerlich!

(Noten?)

Alle meine Entchen schwimmen auf dem See.

Schwimmen auf dem See.

Köpfchen in das Wasser,

Schwänzchen in die Höh'

„Das war nur so eine Stippvisite, was?" Vermutete der Fahrer des Taxis, hinter seiner für dich aufgehaltenen Tür.

„Wohin, der Herr?"

„Zum Bahnhof, bitte."

11
Mittagszug

Bevor Hans die Kneipe betritt, versteckt er seine rechte Hand vorsorglich wieder in der Hosentasche und sieht sich noch mal um, zum Bahndamm hin. Wo die Schienen gestern so schön in der Abendsonne geschimmert hatten. Und die Friedhofstür, die stand immer noch so auf, als wäre die nie zu.

Der Wirt hat nur Augen für seinen Zapfhahn und zapft dem Hans ein Bier. Hans kippt sein Helles natürlich mit links, fischt ein, zwei Markstücke plus ein paar Groschen aus seiner Hosentasche und wirft sie lässig auf den Tresen. Hinter dem er endlich entdeckt, was er gestern übersehen hat. Eine grüne Schiffsbuddel! Viel Zeit hat er ja nicht mehr bis zu seinem Zug. Der Mittagszug ist pünktlich, sagt der Wirt mit einem Blick auf die Uhr. Hans kriegt die Augen von der Schiffsbuddel nicht los; sie kleben da fest. Als wäre sie nur für ihn da, diese Flaschenpost. Der Wirt zapft ein zweites Helles mit dem Blick auf die Uhr, stellt es hin vor Hans und zieht sich etwas zurück. Damit der Gast sein Meisterwerk ganz in Ruhe betrachten kann. Sanft und grün glänzt es auf einer kleinen Lafette aus hellbraunem Holz. Auf dem in schwarz gestochenen Lettern Folgendes zu lesen steht:

CAP ARKONA.

1927 in Hamburg vom Stapel gelaufen.

1936 das modernste Passagierschiff unter deutscher Flagge.

Maßstab 1 : 980!

„Alles erstens maßstabgerecht und zweitens durch den engen Flaschenhals. Fehlt nur der Rauch, den habe ich da nicht durchgekriegt!" Meldet sich der Fischbuddelbastler bescheiden zu Wort.

Hans trinkt schon wieder, wenn auch erst sein zweites Bier an einem Montagmittag. Wirft Geld auf den Tresen, geht auf den Bahnsteig, zieht seine rechte Hand aus der Hosentasche und merkt jetzt erst, dass ihm was fehlt unterm Arm.

Wo ist der Leitz?

Unterm Tisch vorm Fenster im Zimmer mit Seeblick, wo sonst? Der Herr Historiker hat sein Herzstück einfach liegen gelassen und beinahe vergessen. Also rasch, rausch zurück ins Seeschloss? Zu spät! Der Mittagszug fährt ein. Er hatte seine kostbare Zeit vertrödelt.

Zuletzt wegen dieser Schrumpfgermanin von einer Cap Arcona!

Es schüttelte ihn, vor Ekel. Wie lächerlich klein sie geworden war. Ihre Winzigkeit ein historischer Witz! Noch witziger, fällt es unserem Hans noch ein, als Goebbels Idee, den Untergang der Titanic auf diesem ehemaligen Transatlantikdampfer drehen zu wollen. Wozu es dann, ein Glück, nicht mehr gekommen ist.

Für die Lösung einer Fahrkarte ist es nun zu spät. Hans fährt schwarz. Mal sehen, wie weit er kommen wird.

Womit meine Geschichte eigentlich zu Ende wäre.

Wenn ich nicht noch was nachzutragen hätte.

12

Ein Nachtrag

„Schönen guten Tag auch, Herr Wirt!"

„Moin moin, Herr Wachtmeister! Was ist denn mit Ihnen los? Eine Laus über die Leber gelaufen oder was?"

„Eine Laus nicht gerade, ein Luder schon. Alte Geschichte. Die mir heute wieder zu schaffen macht. So, nun wissen Sie ja Bescheid. Wenn ich meine Drähte zur Polizei nicht hätte."

„Wegen dieser alten Geschichte? Aber ich weiß schon. Alte Liebe rostet nicht. Sie können es nicht lassen. Müssen immer weiterfahnden. Das liegt Ihnen im Blut. Aber, worum geht's denn diesmal? Auch wenn es sicherlich Schöneres zu plaudern gibt. Bei so einem Sommerwetterchen! Zum Heldenzeugen, sagten wir früher."

„Ach was, Helden! Ein schöner Held ist mir das. Einer, der erst sein Hotelzimmer verwüstet und dann verduftet. Wie die Wurst im Winde, sagten wir früher. Das ginge ja noch. Aber, unsere Fremdenführerin hat sich auch aus dem Staub gemacht. Kam nicht zur Arbeit und ist seither verschwunden, wie vom Erdboden verschluckt."

„Was Sie nicht sagen! Hier, Ihr Helles, Herr Wachtmeister. Was haben Sie denn mit dieser Frau?"

„Nichts natürlich, das heißt... Naja, wenn das Blut da im Zimmer vom Seeschloss nicht wäre. Da hat es Scherben gegeben. Und wer weiß..."

„Wer weiß was?"

„Ob es da nicht einen Zusammenhang gibt."

„Zwischen dem Hotelgast und der Fremdenführerin? Sind Sie da nicht etwas voreilig? Ist nicht gerade Ihre Art, wenn ich mir diese Bemerkung erlauben darf."

„Wenn sie gestern aber doch mit ihm gesehen worden ist, in der Bahnhofstraße."

„Wo auch immer, was geht Sie das denn an?"

„Ich kenne sie, von früher."

„Gratuliere, Herr Wachtmeister! Fesche Schallupe. Mit der hätte ich's auch ganz gerne mal."

„Werden Sie jetzt nicht auch noch unverschämt, Herr Wirt. Ich kannte diese Dame doch schon als kleines Mädchen."

„Das wäre ja noch schöner!“

„War es aber nicht, war es ganz und gar nicht. Als ich sie mir da rausfischen musste. Frühmorgens, am Tag der Cap Arcona. Sie wissen schon! Morgens das Massaker und nachmittags die Bombardierung.“

„Warum sollte ich das nicht mehr wissen? Sagen Sie mir lieber, wen eigentlich sie sich da rausgefischt haben. Am frühen Morgen des 3. Mai 1945. Das weiß ich noch.“

„Na, diese Kleine, die mit den zerzausten Affenschaukeln, in den Armen der Mutter. Bis zur Hüfte im blutroten Wasser, sie alle beide. In dem sie besser geblieben wären. Flüchtlinge, Vaterlandsfeinde. Denen haben wir's aber gezeigt. Und drauf gehalten, bis zur letzten Patrone, Befehl ist Befehl.“

„Aber, doch nicht auf so eine Kleine auf dem Arm ihrer Mutter, Herr Wachtmeister!“

„Natürlich nicht, Herr Wirt! Wenigstens ich nicht. Habe doch ein Herz für Kinder.“

„Und für diese Mutter wohl auch, was?“

„Natürlich! Wo denken Sie denn hin? Mutti war gut im Bett, nur leider ziemlich angeschlagen. Psychisch, meine ich. Starb mir viel zu früh.“

„Dann wäre die Kleine mit den Affenschaukeln also – unsere Frau fürs Fremde?“

„So ist es, Herr Wirt.“

Sie prosten sich beide zu, trinken in langen Zügen auf ihr Wohl und wischen sich den Schaum von den Lippen.

„Schönes Wetter heute.“

„Ja, wunderschönes Wetter heute. Aber, sehen Sie mal. Sehen Sie mal aus dem Fenster, Herr Wirt. Wer kommt denn da die Bahnhofstraße hoch? Und hat es so verdammt eilig!“

„Donnerwetter! Das ist sie doch! Kaum hat man die Hexe im Mund, schon ist sie da.“

„Wen sucht sie denn hier? Scheint ja furchtbar aufgeregt.“

„Na, wen wohl, wenn nicht diesen Sommergast?“

„Pack schlägt sich und verträgt sich!“

GREGORY FORSTNER

„We were a little bit upset", 2015, 200 x 250 cm

Eckhardt Momber ist 1941 in Berlin geboren, hat 1980 als Lehrbeauftragter und Teilzeitassistent an der Freien Universität Berlin über Kriegsliteratur promoviert und für den Rundfunk geschrieben. 1983 ging er für 20 Jahre nach Japan, um in Kyoto deutsche Sprache und Literatur zu unterrichten. Seit 2004 lebt er im Norden des französischen Südens auf dem Land und schreibt *Schüsse in Dombrowskis Bauch*, Köln 1981; *Loisaida* in: New York; *Die Welt noch einmal*, Düsseldorf 1982; *'s ist Krieg! 's ist Krieg! Versuch zur Literatur über den Krieg 1914 – 1933*, Westberlin 1981;

Foto: Nina Grützmacher

Dieses Japan ist auf der Reise, Erinnerung an Bruno Taut, Kyoto 1991 (Foreign Languages und Literatur Series No. 18); *Scheiterndes Gelingen*, Zu Wolfgang Koeppen, Stuttgart Weimar 2000(Lili Sept. 2000); *Alles geht nämlich unterirdisch vor sich*, Zu Fontanes Effie Briest (Das verschlafene 19. Jahrhundert? Herausgegeben von Hans-Jürgen Knobloch und Helmut Koopmann, Würzburg 2005; *Chinamesser*, Eine Erzählung, Berlin 2006; *Nostalgie de la Barbarie* (Gregory Forstner, *The Ship of Fools*, Grenoble/Berlin 2009); *La Nouvelle Ondine*, Editions Maurel 2015

roudifr.blogspot.com/

Gregory Forstner ist 1975 in Douala in Kamerun geboren, als Sohn einer französischen Mutter und eines österreichischen Vaters. Er studiert an der Akademie für angewandte Künste in Wien und in der Villa Arson in Nizza. Im Jahr 2008 erhält er vom Ministerium für französische Kultur ein Stipendium für einen einjährigen Aufenthalt in New York. Wo er sich niederließ und bis heute lebt. Er malt wie er lebt und wie er liebt: Ganz, ohne Kompromisse.

In Paris ist seine Arbeit durch die Galerie Matthias Coullaud und in Berlin durch die Galerie Kromus u. Zink vertreten. Seine letzte Monographie, *The Ship of Fools*, ist vom Verlag für moderne Kunst Nürnberg und vom Museum Grenoble herausgegeben. Im Jahr 2014

stellt er seine Arbeit im Collège de France anlässlich des Colloquiums „Die Fabrik der Malerei" vor, unter anderen mit Jeff Koons und Glenn Brown. Im Oktober 2015 veröffentlicht er „*L'Odeur de la Viande*" in der Editions Esperluètes, ein Sammlung von Texten, die den Ursprung und die persönliche Mythologie seines Werks erkennen lässt.

gregoryforstner.com

Eckhardt Momber

LA NOUVELLE ONDINE

Éditions

Eckhardt Momber

La Nouvelle Ondine

**PETIT DRAME
DE LA PLUS GRANDE CATASTROPHE MARITIME
DE NOTRE TEMPS**

*En collaboration avec Geneviève Momber
Peinture de Gregory Forstner*

Editions Maurel 2015

15150 Saint Gérons

Frankreich

Zeitfracht Medien GmbH
Ferdinand-Jühlke-Straße 7
99095 Erfurt, Deutschland
produktsicherheit@kolibri360.de